Usedom

Sagen und Geschichten

Neu vorgestellt und erzählt von

EGON RICHTER

Demmler Verlag

Umschlagfoto:
Rolf Reinicke
Blick vom Streckelsberg bei Koserow auf den Strand

Fotos:
Günter Jeschke (S. 33)
Günter Reinhold (S. 39, 57, 59, 63)
Rolf Reinicke (S. 37, 45, 47, 51, 55, 61)

Karte:
Landesvermessungsamt Mecklenburg-Vorpommern

Bahnhofstr. 36
19057 Schwerin
Telefon / Telefax: 0385/4844979

5. Auflage März 2000

Druck: GRAFO, S.A. - Bilbao

ISBN 3–910150–10–1

INHALT

ZUM GELEIT

Vorliegendes Buch mit nacherzählten Märchen, Sagen und Geschichten von der Insel Usedom wendet sich an jung und alt, an Einheimische wie auch an Besucher der Insel.
Sagen sind Geschichten aus längst vergangenen Zeiten, die Interessantes über Kultur, Land, Leute, Leben und Historie vermitteln.
Bei den Sagengestalten finden sich böse Hexen und verwunschene Prinzessinnen, zornige Riesen und gutmütige Zwerge, Kobolde, Tiergestalten, Unterirdische, Gespenster- und Spukgestalten. Aber immer wieder treten die einfachen Menschen mit ihren Sitten und Gebräuchen, ihrem Glauben an Übermächtiges und ihrem Unwissen über Naturerscheinungen und den Versuchen, sie durch Sagen und Überlieferungen zu erklären, in den Mittelpunkt der Geschichten. Auch siegt letztlich immer wieder das Gute über das Böse, wird den Ärmeren und Schwächeren geholfen. Es ist von Liebe und von Haß, von Bescheidenheit und Rachgier, von Mut und Angst, von Glück und Unglück die Rede. Die Sagen und Märchen haben oft einen tiefen moralischen Gehalt, und ihre Überlieferung über Jahrhunderte hinweg zeugt von ihrer Ausstrahlungskraft und immer wieder neuen – auch in der heutigen technisierten Welt – faszinierenden Schlichtheit und erzieherischen Wirkung.
Zu einigen Besonderheiten der hier vorgestellten Sagen der Insel Usedom: Auch im hiesigen Sagenschatz findet sich der legendäre Klaus Störtebeker, die untergegangene Stadt Vineta mit ihren unersättlichen und durch Gier nach Reichtum gekennzeichneten Bewohnern, die Bernsteinhexe und manche andere Sagenfigur, die auch in Erzählungen von der Insel Rügen und anderen Teilen der Ostseeküste wiederzufinden sind. Daneben aber gibt es in diesem Gebiet eigenständige, aus der Kulturgeschichte und den landschaftlichen und geographischen Besonderheiten gewachsene Sagenüberlieferungen.
Das zweifellos Ungewöhnliche an den märchenähnlichen und sagenhaften Erzählungen ist die Tatsache, daß Fischer und Seeleute nur sehr selten als Handlungsfiguren in Erscheinung treten. Dieser eigentümliche

Umstand mag seine Ursache darin haben, daß die Besiedelung und Entwicklung der Meeresküste – von ganz wenigen lokalen Ausnahmen abgesehen – wesentlich später erfolgte als die des Hinterlandes. Städte wie Usedom und Dörfer wie Liepe gab es bereits, als an solche Orte wie Swinemünde, Ahlbeck, Heringsdorf und Bansin noch gar nicht zu denken war. Auch das alte Tzys, aus dem im vergangenen Jahrhundert das große Seebad Zinnowitz wurde, sowie das sagenumwobene Koserow waren zuerst und vor allem Bauerndörfer, deren Interesse dem Land und nicht dem Meer zugewandt war. Ganz offenkundig wurde auch der Fischfang in und an den Binnengewässern der Insel betrieben. Die Stadt Swinemünde, noch heute maritimer Vor- und Zugangsort für Stettin, ist eine friderizianische Gründung aus der zweiten Hälfte des achtzehnten Jahrhunderts. Ihre Funktion war und blieb bis in die Gegenwart vornehmlich militärischer Natur. Ein militärischer Standort aber scheint sich zur Sagen- und Märchenbildung nicht zu eignen, und so beschränken sich selbst jene sagenhaften Erzählungen, die tatsächlich mit der vormaligen „Hauptstadt" der Inseln Usedom und Wollin zusammenhängen, auf kleine Spukgeschichten. Fischer und „gewöhnliche" Seeleute spielen auch in den wenigen Sagen aus und um Swinemünde keine Rolle.

Als im Laufe des vergangenen Jahrhunderts die Seebäder der Insel Usedom entstanden und sich ungewöhnlich rasch zu modernen touristischen Wallfahrtsorten für Sommerfrischler und Badegäste entwikkelten, war die Zeit der Sagen und Märchen lange vorbei. Dennoch scheint es gerade in jener Zeit ein verbreitetes Interesse an solcherlei spezieller „Heimat"-Literatur gegeben zu haben, denn 1904 veröffentlichte Professor Alfred Haas zum erstenmal eine Sammlung Usedom-Wolliner Heimatsagen. Zwanzig Jahre später erschien die zweite Auflage. Seitdem hat nur Siegfried Armin Neumann Ende der achtziger Jahre dieses Jahrhunderts sagenhafte Geschichten aus Usedom in seine Sammlung pommerscher Sagen aufgenommen.

Eine große Rolle in der Überlieferung spielt immer wieder die sagenumwobene Stadt Vineta. Polnische Archäologen intensivierten in den letzten Jahren ihre Ausgrabungen auf der Usedomer Nachbarinsel

Wollin, wo die legendäre Stadt Julin lag, die fälschlicherweise oft für Vineta gehalten wird. Gewiß hätten die Usedomer und vor allem die Einwohner von Koserow das sagenhafte Vineta gern in ähnlich „faßbarer" Gestalt besessen, aber ihnen sind nur Steinreste im Meer geblieben und selbstverständlich die Sagen und Märchen. Immerhin: Mit den Ausgrabungen von Julin und den „Resten" von Vineta wächst die alte Welt der Märchen und Legenden in unsere Zeit hinein. Daß dies ausgerechnet durch jene sagenhaften Orte geschieht, die ihr historisches Ende dem Krieg, der grenzenlosen Habsucht und dem ignoranten Unverständnis ihrer Einwohner für die deutlich sichtbaren Zeichen der Zeit zu verdanken haben, mag uns Heutige zum Nachdenken anregen und allen als Mahnung dienen.

In diesem Sinne sind Sagen und Märchen Träger einer Botschaft, deren Inhalt viel wichtiger ist als das abenteuerliche, manchmal bis zur Grausamkeit und Ungeheuerlichkeit ausartende Geschehen, hinter dem sie sich versteckt. Wem solche verborgene Mitteilung fremd bleibt, dem fehlt der Schlüssel zu jener Truhe, in der die wahren Schätze uralter Volksweisheiten die Zeiten überdauert haben.

Nähern wir uns gemeinsam ihrem Verständnis.

Egon Richter

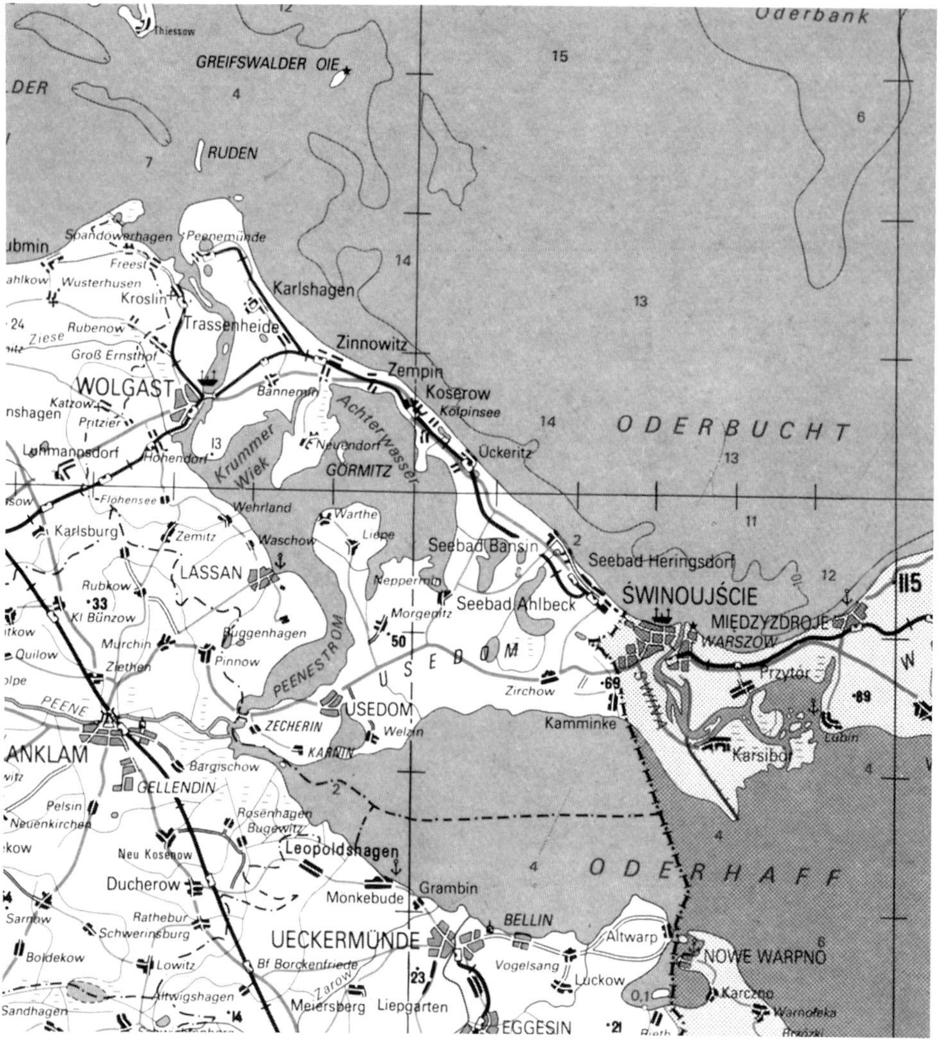

Insel Usedom, Kartenausschnitt

Die Grenzen der Insel Usedom

Das wild zerklüftete Dreieck der Insel Usedom mit seinen zahlreichen Winkeln, Halbinseln, Aus- und Einbuchtungen wird im Norden von der Ostsee, im Osten von der Swine, im Süden vom Oder-Haff und im Westen von der Peene und deren seeartiger Erweiterung, dem sogenannten Achterwasser, begrenzt.
Immer wieder in den vergangenen Jahrhunderten sind den Inselbewohnern diese Grenzgewässer Anlaß und Grund gewesen, über deren Entstehung nachzudenken und natürliche geographische Gegebenheiten sowie naturwissenschaftliche Vermutungen und Erkenntnisse mit einem Kranz märchen- und sagenhafter Geschichten zu umgeben. Dabei nimmt in solchen Erzählungen, seien sie nun mündlich überliefert oder schriftlich festgehalten, das Wort „früher“ eine bemerkenswert schillernde und zugleich unklare Stellung ein – es kann ebensogut Jahrzehnte und Jahrhunderte umfassen wie es einen Zeitraum bis zur Erstbesiedelung oder gar bis zur letzten Eiszeit benennen kann. Letzteres ist offenbar der Fall, wenn in Sagen und Überlieferungen von der Meeresgrenze der Insel die Rede ist.
Danach soll der ganze östliche Teil, auf dem die Stadt Swinemünde (poln. Świnoujście) und deren Umland liegt, „früher“ von Wasser überflutet und Bestandteil der Ostsee gewesen sein. Nachdem aber sieben Jahre hintereinander der Wind ständig aus Nordosten geweht haben soll, muß sich die Küste so verändert haben, daß die sogenannte Oderbank entstand, über die sogar eine Landstraße von Usedom nach Kolberg (poln. Kołobrzeg) führte. Vor der späteren Hafeneinfahrt von Swinemünde wurde der Sandstreifen „Platte“ genannt oder auch als „Joachimsbank“ (nach wem diese Bezeichnung benannt wurde, konnte nicht ausfindig gemacht werden) bezeichnet.
Wenn zu jener Zeit, als die See sich längst wieder ausgedehnt hatte, im Flachwasser über der einstigen Sandbank weiße Schaumkronen entstanden, sagten die Seeleute: „Die Schafe laufen über die Platte“ – heute werden dort nur noch Fische gefangen! Ebenso wie für die nördliche

Küstenlinie wird auch für die südliche Begrenzung der Insel durch das Haff eine alles entscheidende Sturmflut verantwortlich gemacht.
In einer alten Beschreibung aus dem Jahre 1772 wird der Vorgang wie folgt dargestellt:
„Es ist unter den Geschichtsschreibern etwas Unleugbares, daß vor uralten Zeiten das Haff noch nicht gewesen, sondern durch eine Überschwemmung, etwa zur Zeit der Cimbrischen Überschwemmung, erst entstanden, daher es auch den Namen Frisches Haff (recens mare) trägt. Bei dieser großen Sündfluth ist . . . auch das Land, wo nun das Frische oder Große Haff ist, weggespület und das Wasser hineingetrieben worden".
Der Ausdruck „Cimbrische Überschwemmung" könnte sowohl symbolisch wie naturwissenschaftlich gemeint sein. Symbolisch dann, wenn er den sturmflutartigen Einfall des germanischen Volksstammes der Cimbern nach Südeuropa meint: Im Jahre 113 v. Chr. nämlich brach dieses ursprünglich im Nordsee-Bereich ansässige Volk gen Süden auf, möglicherweise getrieben von der Notwendigkeit, sich ertragreichere Weideplätze für das stammeseigene Vieh zu erschließen – das wissen wir nicht. Jedenfalls stießen die Cimbern nach kürzester Zeit auf römische Legionen, die zu jener Zeit weite Teile Mittel- und Südeuropas besetzt hatten. In zwei Schlachten, bei Noreja und Arausio, besiegten die Cimbern die römischen Heerscharen, zogen weiter nach Spanien, von dort nach Gallien und wurden schließlich, ebenso wie die vorher verbündeten Teutonen, in der Schlacht bei Vercellae 101 v. Chr. von dem römischen Feldherrn Marius vernichtend geschlagen. Wir wissen nicht, ob es nach dieser Schlacht noch Cimbern gab, die sich in ihre nördliche Heimat zurückziehen und auf Jütland niederlassen konnten. Fest steht jedenfalls, daß hundert Jahre nach der oben genannten Vernichtungsschlacht der legendäre Kaiser Augustus auf eben dieser dänischen Halbinsel noch einen Volksstamm als Cimbern und deren nördliche Heimat als „Cimbrische Halbinsel" bezeichnen ließ.
Was immer auch mit der „Cimbrischen Überschwemmung" gewesen sein mag: Um jene Zeit jedenfalls soll das Haff und damit die südliche

Begrenzung der Insel Usedom entstanden sein, was bedeutet: Das Gewässer ist etwa zweitausend Jahre alt.
Für die Entstehung der Swine, durch welche die Insel im Osten auf natürliche Weise begrenzt wird, gibt es im Usedomer Sagenkranz keine Erklärung. Ihre Existenz wird als gegeben hingenommen.
Nur über den Namen des Flusses finden sich spärliche Aussagen. Die wahrscheinlichste scheint diejenige zu sein, nach der dieser Flußlauf seine Bezeichnung dem sogenannten Meerschwein verdankt. Dieser, auch als Braunfisch bekannte Bewohner der Ostsee wurde von Fischern und Seeleuten deshalb als Schweinsfisch bezeichnet, weil er beim Luftholen schnaufende Töne ausstieß, die dem Grunzen eines Schweines ähnlich waren. Eine weitere Namens-Erklärung meint, daß die Inselbewohner die ersten Schweine über den bis dahin namenlosen Fluß auf das Eiland holten. Die dritte und unwahrscheinlichste Begründung für die Flußbenennung geht davon aus, daß es genügte, einen Schweineschädel als eine Art Schrittstein in den Fluß zu werfen, um ihn – praktisch mit zwei Schritten – zu überwinden. Wie dem auch sei: Der letzte Pommernherzog Bogislaw XIV. nannte nicht nur den Fluß, sondern zuweilen auch die ganze Insel Usedom „die Swyne“.
Im Unterschied zur Swine gibt es für den westlichen Begrenzungsfluß der Insel, die Peene, zumindest eine sagenhafte Entstehungsgeschichte. Danach soll der Teufel – offenbar in einer sehr kurzzeitigen Begeisterung für bäuerliche Tätigkeit – seine Großmutter veranlaßt haben, wenigstens eine Ackerfurche durch die Gegend zu ziehen. Entweder hatten beide gar nicht mehr im Sinn, oder es wurde ihnen über: Jedenfalls beließen sie es bei diesem einen Graben, aus dem dann die Peene wurde. Auch von diesem Fluß wird behauptet, daß man ihn auf zwei ins Wasser geworfenen Pferdeschädeln bequem überschreiten konnte. Nur ein einziges Mal wird in den alten Überlieferungen die Bezeichnung der hier ansässigen Bewohner mit der Namensgebung, vor allem bei der Swine, in Verbindung gebracht.
Danach waren die ältesten Siedler in Pommern die Sueben oder Sweifen, die angeblich deshalb so bezeichnet wurden, weil die ihr Haar zu meh-

reren Schweifen gebündelt trugen, um die Feinde zu erschrecken. Einer ihrer Stämme, Swionen genannt, ließ sich auf der Insel nieder; nach ihm soll der östliche Begrenzungsfluß Usedoms benannt sein.

Zur Entstehungsgeschichte des Inselnamens

Nach der „historischen Eingrenzung“ Usedoms sollen die Sagen darüber befragt werden, was sie zum Namen der Insel mitzuteilen haben. Dies ist allerdings kein freundliches Kapitel, denn wer immer auch die ersten Bewohner gewesen sein mögen, ob nun die schweif-frisierten Sueben oder andere germanische und slawische Stämme: Sie werden als tumbe Toren und Einfaltspinsel hingestellt.
Es gibt eigentlich nur eine einzige Namens-Geschichte, die in ihren verschiedenen Fassungen unwesentlich variiert wird. Es ist die Geschichte einer Versammlung. Zu dieser hatten sich in den berühmten „uralten Zeiten“ alle Einwohner zusammengefunden, um für ihre Insel, auf der sie schon eine ganze Weile lebten, endlich einen ordentlichen Namen zu finden, denn wer lebte schon gern an einem Ort, den er nicht einmal benennen konnte?! Es wurden, heißt es, viele Vorschläge gemacht, die aber in keinem Fall die Zustimmung aller Anwesenden fanden. Daraufhin beschlossen die Versammelten, daß die nächste Äußerung, die einer tun würde, der Name der Insel sein sollte. Die Folge dieses Beschlusses war stundenlanges Schweigen. Dieses wiederum ging einem der Versammlungsteilnehmer so auf die Nerven, daß er schließlich wütend aufsprang und ausrief: „O, so dumm!“
In einer zweiten Version wird dieser Ausruf jenem berühmten Wanderer in den Mund gelegt, der offenbar schon damals des Wegs kam und auf die schweigende Versammlung traf – wie dem auch sei, es blieb bei „O, so dumm!“
Eine relativ unbekannte Variante macht den Insel-Fürsten von Wollin für die Namensgebung verantwortlich. Danach soll er Krieg gegen seine Nachbar-Insel geführt haben, um diese, wie es heißt, „unter seine Bot-

mäßigkeit" zu bringen. Deren Bewohner schienen von diesem Ansinnen so wenig begeistert, daß sie dem Wolliner heftigsten Widerstand auch dann noch entgegensetzten, als ihre Kräfte fast erschöpft waren. Daraufhin bot der Eroberer ihnen Frieden an, angeblich zu günstigen Bedingungen. Nun mag es sein, daß die Inselbewohner dies Friedensangebot als so großartig nicht empfinden konnten oder daß sie tatsächlich sture Pommern waren – jedenfalls schlugen sie das Ansinnen des Fürsten aus, worauf dieser nur ausrufen konnte: „O, so dumm?"
Welche Variante auch überliefert, niedergeschrieben oder erzählt wurde und wird, immer galt und gilt das einfältige Verhalten der Insulaner als Grundlage für die Namensgebung der Insel. So die Sagen und Geschichten.
Dagegen scheint es viel wahrscheinlicher, daß es die wendische Burg und Siedlung Usedom gewesen ist, die der Insel den Namen gegeben hat, und daß die slawische Bezeichnung für diese Ansiedlung „Uznam" lautete. Dieses Wort, das später vermutlich als „Usedom" eingedeutscht wurde, heißt schlicht und einfach Ausgang oder Mündung. Ob damit die Mündung des Usedomer Sees in den Peenestrom oder die Mündung der die Insel begrenzenden Flüsse in die Ostsee gemeint war, bleibt der Interpretation der Historiker vorbehalten.

Schon zu Zeiten der pommerschen Herzöge hatte die Insel ein eigenes Wappen, das einen Greif mit einem Störschwanz zeigte. Der Greif war das Symbol des Fürstenhauses, der Störschwanz belegte den Fischreichtum der Inselgewässer, ganz speziell den an Stören: Dieser Edelfisch, der auch in Sagen und Geschichten von der Insel immer wieder vorkommt, muß damals als besondere Delikatesse gegolten und in der Wirtschaft der Insel eine nicht unerhebliche Rolle gespielt haben. Ortsnamen und -wappen auf der Insel belegen unabhängig von dem längst nicht mehr vorhandenen Stör die generelle Bedeutung des Fischreichtums und Fischfangs für die Bewohner und ihre Niederlassungen. Zum Teil nimmt auch heute noch der Fischfang eine besondere Rolle im Leben und in der Wirtschaft der Inselbewohner ein.

In den vergangenen Jahrhunderten war für die Küstenbewohner Usedoms auch das Strandrecht von Bedeutung. Bevor Hafeneinfahrten und Gefahrenpunkte mit Leuchtfeuern versehen und markiert waren, kam es vor allem bei stürmischer Witterung nicht selten vor, daß Schiffe vor Usedom strandeten bzw. Ladung und Teile leckgeschlagener Schiffe an Land gespült wurden. Nach dem Gewohnheitsrecht nahmen die Anwohner diese „Beute“ für sich in Anspruch. Schon in den Jahren 1495, 1560 und 1569 erließen daraufhin die pommerschen Herzöge Verfügungen, die dieses sogenannte „Recht“ in gesetzliche und verbindliche Normen kleidete. Möglicherweise haben sich die Inselbewohner danach gerichtet. An anderen Küstenabschnitten der Ostsee sollen Einheimische in dem Ruf gestanden haben, mit irreführenden Lichtsignalen fremde Schiffe zum Stranden zu bringen und sich dann der Ladung zu bemächtigen. In der Inselgeschichte von Usedom ist jedenfalls nirgends dokumentiert, daß irgendjemand durch das Strandrecht zu Wohlstand gekommen ist.

Über Drachen, Kobolde und Seejungfrauen

Drachen, Kobolde und Seejungfrauen gehören wie anderenorts auch auf der Insel zu den lokalen Sagengestalten. Doch den Drachen und Lindwürmern muß es in dieser Gegend nicht besonders gefallen haben, denn nur eines dieser Untiere lebte auf der Insel und machte die Peenemünder Heide unsicher.

Sein Artgenosse hauste auf dem Festland bei Lassan und lag in ständiger Fehde mit dem Insel-Drachen. Trafen sie aufeinander, schossen Flammengarben aus ihren Rachen, und sie verwüsteten Felder und Wälder. Aber nur die Lassaner rückten ihrem Untier zu Leibe, indem sie bei Wehrland, in dessen Nähe sich der Drache zum Schlafen niedergelegt hatte, rundherum das Schilf anzündeten, so daß der Lindwurm eines elendiglichen Todes starb. Dabei gab er solche lauten Schreie von sich, daß der Peenemünder Drache vor Angst die Flucht ergriff, sich mit lautem Geheul ins Meer stürzte und nie wiederkehrte. Manche vermuteten, er sei nach Schweden geschwommen, andere glaubten, daß die See ihn verschlungen habe. Auf jeden Fall war Usedom seine Peiniger los und hatte sich fortan nur noch mit Riesen, Hexen, Zwergen und dem Vogel Greif herumzuschlagen.

Der Zauber der Landschaft

Seit eh und je haben bestimmte geographische Gegebenheiten wie Berge, Täler, Gewässer oder Hohlwege Grundlagen und Ausgangspunkte für vielfältige Geschichten, Sagen und Märchen geliefert. Nicht selten waren und sind sie selbst, ihre Lage, Entstehung oder Gestalt Gegenstand sagenhafter Erzählungen. Oft konnten sich die früheren Bewohner manche rätselhafte Erscheinung in der Natur nicht erklären, und so fanden diese in Sagen und Geschichten ihren Niederschlag.

Auf der Insel Usedom trifft das besonders für zwei sehr unterschiedliche landschaftliche Areale zu. Beide liegen im östlichen Insel-Teil kurz vor oder direkt an der heutigen polnischen Grenze im Vorfeld der Stadt Swinemünde. Es handelt sich dabei um den Golm und das Thurbruch. Der Golm ist ein waldbestandener Berg, der unmittelbar aus einer sonst flachen Wiesenlandschaft vor dem am Haff gelegenen alten Fischerdorf Kamminke hervorwächst. Nach 1945 wurde hier eine Begräbnis- und Gedenkstätte errichtet für die Tausende von Toten, die den Luftangriffen auf Swinemünde im Jahre 1945 zum Opfer fielen. Ihnen hat der Rostocker Bildhauer Wolfgang Eckardt auf der Höhe des Berges ein beeindruckendes Denkmal gesetzt.
Das Thurbruch war eine ursprünglich sumpfig-morastige Wiesenlandschaft zwischen den Dörfern Reetzow und Ulrichshorst und soll in grauer Vorzeit Aufenthaltsort von Auerochsen (Ur) gewesen sein. Schon unter Friedrich dem Großen und in den zwei Jahrhunderten danach sind Versuche unternommen worden, das Bruch trockenzulegen und als Weidefläche zu nutzen. Dieser ehrgeizige Plan wurde allerdings erst in unse-

rem Jahrhundert unter den Bedingungen der früheren DDR-Landwirtschaftsgenossenschaften verwirklicht. Seither führt von Reetzow nach Ulrichshorst eine Betonstraße quer durch das Bruch, und in bestimmten Abständen regulieren kleine technische Anlagen seinen Wasserhaushalt. Noch heute ist das Thurbruch ein Refugium seltener Pflanzen-, Tier- und Vogelarten. In jener Zeit aber, in der die Sagen um Thurbruch und Golm entstanden, war es ein gefährliches, kaum passierbares Moor, über das Irrlichter wanderten und in dem die Geister zu Hause waren.

Die Entstehung des Golm

Vor Zeiten befand sich an der Stelle, an der sich heute der Golm erhebt, ein prächtiges Schloß. Darin lebte ein Fürst mit seiner Tochter. Es war ein unermeßlich reicher Fürst, dessen ganzes Sinnen und Trachten auf die Bewahrung seiner Schätze gerichtet war. Tag für Tag und bisweilen auch des Nachts stieg er in die weitverzweigten Keller und Gewölbe hinab, in denen er Gold, Silber und Edelsteine in unvorstellbaren Mengen angehäuft hatte, und erfreute sich allein an seinen Schätzen.
Da er all seine Aufmerksamkeit schon jahrelang nur seinem Reichtum widmete und das Leben anderer Menschen, auch seiner nächsten Anverwandten, ihn ziemlich gleichgültig ließ, hatte er gar nicht bemerkt, daß aus seinem Kind inzwischen eine schöne junge Prinzessin geworden war. Schnell und ohne daß der Fürst etwas dagegen tun konnte, verbreitete sich der Ruf ihrer Schönheit im ganzen Lande. Um dieser Schönheit willen kamen junge Männer aus allen Himmelsrichtungen auf das Schloß und hielten um die Hand der Prinzessin an. Der Fürst jedoch war fest davon überzeugt, daß ihr Begehren nicht seiner Tochter, sondern nur seinem Reichtum galt. Deshalb wies er jeden Bewerber, ohne daß seine Tochter jemals davon erfuhr, mit den Worten ab: „Ihr redet von meiner Tochter, aber Ihr meint nur meine Schätze!"
Schließlich klopfte niemand mehr an das Schloßtor in der Absicht, um die Prinzessin anzuhalten, und der mißtraurische Fürst gestattete es nun

seiner Tochter, ihr Pferd zu satteln und in die Wälder der Umgebung zu reiten. Dort, meinte er, würde sie niemanden treffen, der es auf seine Schätze abgesehen haben könnte. Und tatsächlich begegnete die Prinzessin bei ihren Ausritten keinem Menschen.
Eines Tages jedoch war sie bis ans Meer geritten und blickte erstaunt und begeistert von der Höhe der Steilküste über die schier unendliche Wasserfläche. Sie sah, was sie noch nie gesehen hatte: Fischer, die mit bunten Booten zum Fang hinausfuhren, und große Schiffe, die mit geblähten Segeln hinter dem Horizont verschwanden. So hielt sie, hoch zu Roß, Ausschau auf der Klippe und konnte sich nicht sattsehen an dem Leben und Treiben, das sie hier nicht vermutet hatte.
In diese Betrachtung versunken, entging ihr das raschelnde Geräusch im Unterholz – blitzschnell und einen heulenden Laut ausstoßend fiel ein Wolf das Pferd der einsamen Reiterin an. Verängstigt drängte das Tier an den Rand der Steilküste, verlor den Halt und stürzte mit der Prinzessin hinab. Lange Zeit lag sie ohnmächtig auf dem weißen Strandstreifen zwischen Klippenrand und Meeressaum.
Als sie wieder zu sich kam, blickte sie in das gebräunte Gesicht eines jungen Fischers, der sich über sie beugte. „Wer seid Ihr?“, flüsterte sie, noch immer benommen von dem Sturz.
„Wir fischen hier“, erklärte der junge Mann, „ und ich sitze schon fast drei Stunden neben Euch und reibe Eure Wangen und Eure Glieder, damit Ihr wieder zu Euch kommt. Ich habe Euren Schrei gehört...“
„Ich habe geschrien?“ fragte die Prinzessin. „Ja“, fuhr der Fischer fort, „Ihr habt laut geschrien, als Ihr den Abhang hinunterfielt. Auch Euer Pferd hat sich nicht halten können. Nun ja“, sagte er lächelnd, „geschehen ist Euch nichts, soweit ich sehen kann, der weiche Sand hat Euren Sturz gemildert. Auch dem Tier ist nichts passiert. Könnt Ihr aufstehen?“ Mit Hilfe des Fischers erhob sich die Prinzessin vorsichtig und schüttelte den Sand aus ihrem Reitkleid. Der junge Mann führte ihr das Pferd zu und half ihr in den Sattel. „Ich danke Euch sehr“, flüsterte die Prinzessin verlegen, und der Fischer, dem eine rasche Röte über die Wangen flog, sagte ebenso leise: „Es wäre schön, Euch wiederzusehen.“ „Ich werde kommen“, ver-

sicherte die Prinzessin, und sie wußten beide, daß nichts und niemand auf der Welt sie mehr trennen konnte.

Von nun an trafen sich die Verliebten jeden Morgen an der gleichen Stelle des Strandes, an der sie sich begegnet waren, schlossen sich in die Arme und küßten sich. Der Fischer zeigte der Prinzessin sein kleines Haus an der Mündung der Swine und fragte sie, ob sie wohl seine Frau werden und mit ihm darin leben wollte.

„Nichts lieber als das", erklärte sie, und der Fischer jubelte und rief: „Dann soll uns nichts mehr hindern. Selbst wenn dein Vater der mächtige Fürst wäre, der da hinten in seinem Schloß haust – ich würde hingehen und um deine Hand bitten."

Erst jetzt enthüllte die Prinzessin ihr Geheimnis. „Ach, mein Lieber", sagte sie traurig, „du weißt nicht, wovon du sprichst. Der mächtige Fürst ist tatsächlich mein Vater, und er wird nie erlauben, daß ich mich vermähle." „Das ist doch nicht möglich!", rief der Fischer, „Du bist wahrhaftig eine Prinzessin?!"

„Ja", bekannte sie, „daran ist leider nichts zu ändern." „Egal!" erklärte der Fischer, „wenn du wirklich meine Frau werden willst, dann werde ich auf's Schloß gehen und um dich werben . . ."

„Nein!" beschwor ihn die Prinzessin, „tu es nicht! Mein Vater wird niemals zustimmen. Lassen wir alles, wie es ist . . ." „Niemals", fiel der Fischer ihr ins Wort, „auch eine Prinzessin hat ein Recht auf ihre Liebe. Und mit der Heimlichkeit muß es ein Ende haben!"

Wenige Tage später zog der Fischer sich seinen einzigen guten Sonntagsanzug an und begab sich in das fürstliche Schloß, ohne seiner Geliebten etwas davon zu sagen. Die Prinzessin saß ahnungslos in ihrem Turmzimmer und stickte, als der Fischer unten im Rittersaal vor den Fürsten trat und seine Werbung vortrug. Kaum hatte er geendet, als der Fürst in maßloser Wut aufsprang und den Fischer anschrie: „Was erlaubst du dir, du niedriger Knecht?! So ein Wurm wagt es, um die Hand meiner Tochter anzuhalten? Weißt du, daß du von einer Prinzessin sprichst?!"

„Herr", setzte der Fischer an, aber der Fürst schnitt ihm das Wort ab, rief nach der Palastwache und befahl den Soldaten: „Bindet diesem Hochverräter die Hände und dann fort mit ihm; jeder Galgen ist zu schade für den, werft ihn von die Klippe!“ Natürlich versuchte der Fischer zu entkommen, aber die Wachen umstellten ihn, warfen ihn zu Boden, fesselten ihn und brachten ihn bei nächtlicher Dunkelheit aus dem Schloß. Von der steilsten Höhe der Klippe, an einer Stelle, wo es keinen weißen Strand am Meeresufer gab, stürzten sie den Gebundenen in die dunklen Fluten.

Die Prinzessin wußte von all dem nichts. Vielmehr ritt sie jeden Tag durch die Wälder an den Strand und wartete auf ihren Geliebten. Aber nirgends am Horizont tauchte dessen buntes Boot auf, mit dem er sonst regelmäßig zu ihren Treffen gekommen war. Eines Tages aber, als sie wieder verzweifelt am Strand auf und ab lief, spülte die See eine Leiche ans Ufer, und schreckensbleich erkannte die Prinzessin in dem gefesselten Toten ihren einstigen Freund. Sie schrie und weinte und wußte nun, was vorgefallen war. Auf das Schloß zurückgekehrt, mied sie die Gesellschaft ihres Vaters, sprach kein Wort mehr mit ihm und lebte still und zurückgezogen in ihrem Turmzimmer.

Aber auch diese Umstände belehrten ihren Vater nicht eines besseren, und selbst als seine Tochter in die Jahre kam und zu altern begann, behielt der Fürst seine Einstellung zu den Brautwerbern bei. Die allerdings kamen immer seltener, und schließlich blieben sie ganz aus.

Eines Tages jedoch, als schon Jahre ins Land gegangen waren, erschien hoch zu Roß ein Ritter vor dem Schloßtor und begehrte Einlaß. Sein Pferd war so schwarz wie seine Rüstung, seine Augen waren so dunkel wie sein Haar, sein Helm hatte die Farbe schimmernder Kohle, und die buschigen Federn darauf waren von nächtlicher Schwärze. Als ihm der furchterregende Besucher gemeldet wurde, trat der Fürst selbst hinaus auf einen der beiden Türme, von denen die Schloßeinfahrt bewacht wurde.

„Wer seid Ihr und was begehrt Ihr?“, rief er dem Fremden vor dem Tor zu und wies die Knechte an, ihre Schwerter bereitzuhalten.

Der Fremde anwortete ruhig, aber mit lauter Stimme: „Wer ich bin, werdet Ihr erfahren, wenn Ihr mich einlaßt. Und was ich begehre, ist Eure Tochter, die ich zum Weibe nehmen will.“

Nun wußte der Fürst: Der schwarze Ritter war als Freier erschienen. Wie in all den Jahren zuvor vermutete er jedoch, daß dieses Anliegen nur ein Vorwand war, um sich seiner Schätze zu bemächtigen. So ließ er die Tore geschlossen halten und rief dem fremden Besucher zu: „Niemals! Und wenn sie als vertrocknete Muhme stirbt! Niemals erhältst du meine Tochter zur Frau!"
Im gleichen Augenblick verfinsterte sich der Himmel, Schwefeldämpfe quollen aus plötzlich aufgerissenen Erdspalten, und die Mauern des Schlosses begannen zu wanken und zu reißen. Die Gestalt des schwarzen Ritters aber wuchs ins Riesenhafte, und seine Stimme donnerte wie ein Gewitter: „Weil du deinen Reichtum mehr liebst als dein Kind, weil dein Geiz das Glück deiner Nächsten zertritt, soll dein Schloß mit allem, was darin ist, verbannt sein in einen Berg. Deine Tochter, die durch dich unschuldig leidet, kann wieder erlöst werden, du aber bleibst auf ewig verdammt!"
Eine schwarze Wolke senkte sich hernieder, der Boden öffnete sich, und die Erde verschlang das Schloß. Dort, wo es gestanden hatte, wuchs ein hoher Berg empor, den die Leute später Golm-Berg nannten. Alle Jahre am Johannistag aber wandelt die verwunschene Prinzessin über den Golm und wartet auf ihre Erlösung.
Der erste, der ihr dabei begegnete, war – wie vor Jahrhunderten – ein junger Fischer. Aus dem Dorfe Kamminke kommend, war er auf den dichtbewaldeten Golm gestiegen, um trockenes Holz zum Teer-Brennen zu sammeln, denn der Boden seines Bootes brauchte einen neuen Unteranstrich. Dieses Holzsammeln war eine Quälerei, Wurzeln und Ranken machten dem Fischer zu schaffen, überall blieb er hängen und stolperte, aber erst als er seinen Korb voll hatte, trat er den Heimweg an. Plötzlich stand er, nun schon in der abendlichen Dämmerung, vor einer riesigen, in der Mitte gespaltenen Eiche, die er noch niemals hier oben bemerkt hatte. Erst jetzt fiel ihm ein, daß Johannistag und es also auf dem Berg nicht ganz geheuer war. Er versuchte, an der mächtigen Eiche vorbeizukommen, aber da trat aus ihrem Spalt eine Gestalt auf ihn zu, deren Anblick ihn mit lähmendem Schrecken erfüllte: Ihr Gesicht war von Borke

überzogen, ihr Kopf mit Moos bedeckt, aus dem grüne Haare hervorwuchsen. Sie streckte ihm ihre astgleichen Arme entgegen und sagte mit brüchiger Stimme: „Höre, Fischer, ich bin eine Prinzessin, und du bist es, der mich erlösen kann. Alle Schätze im Berg werden dir gehören, und meine schöne Gestalt erlange ich zurück – komm her und küß mich und werde mein Ehegemahl!“ Der Fischer aber stand starr vor Entsetzen. Dieses schreckliche Wesen sollte die schöne Prinzessin sein, von der ihm Großmutter und Urahne so traurige Geschichten erzählt hatten? Niemals konnte er das glauben, und niemals würde er sich auf einen Handel mit ihm einlassen.

Die Borkenfrau kam näher, und er wich zurück. „Ich bitte dich“, flehte das Wesen beschwörend und streckte ihm wieder die Arme entgegen, „nur ein reines Herz voll mitleidiger Liebe kann mich erlösen. Sieh dir meine Hände an, sie werden schon weiß und schön und gewinnen ihre Gestalt zurück, nur, weil du gekommen bist. Wenn du mich heiratest, dann . . . Aber ich sehe, du zauderst“, stellte die Erscheinung fest, und immer leiser werdend wimmerte sie: „Nun muß ich wieder zurück für viele, viele Jahre“.

So plötzlich wie sie aufgetaucht war, verschwand die Gestalt, ein Sturmwind erhob sich und schleuderte den Fischer so heftig und unvermittelt zu Boden, daß er betäubt liegenblieb.

Erst am frühen Morgen erwachte er im Unterholz mit schmerzenden Gliedern. Die gespaltene Eiche war verschwunden. Dafür stand sein Holzkorb wohlgefüllt neben ihm, so, als hätte er ihn vor der Sturmbö ordentlich abgesetzt.

Als er im Dorf von seinem seltsamen Nachterlebnis erzählte, wollte ihm niemand glauben.

Auch in den vielen Jahrzehnten nach diesem Ereignis ist die Prinzessin noch manchen Golm-Besuchern in unterschiedlicher Gestalt erschienen. Aber niemand hat bisher den Mut aufgebracht, sie tatsächlich von ihrem Zauber zu befreien.

Dies ist nicht nur die umfänglichste Golm-Sage, sie enthält auch die meisten sozialen und moralischen Komponenten. Alle anderen überlieferten

märchenhaften Golm-Geschichten variieren die hier geschilderten Ereignisse und Verhaltensweisen nur.
Hier nun einige Variationen: Jedes Jahr am Johannistag in der Zeit zwischen 12 und 13 Uhr mittags läßt sich die Prinzessin, weißgekleidet, das Gesicht jedoch mit Borke überwachsen, in Begleitung eines kleinen weißen Hundes sehen und hält sich am Fuße des Golm an der dortigen Quelle auf. Noch in den letzten zwei Jahrzehnten des vergangenen Jahrhunderts soll Überlieferungen zufolge die Prinzessin einem einzelnen Bauern wie auch einer Gruppe junger Wanderer erschienen sein, die sie beide um einen Gefallen bat. Sowohl von dem Landmann als auch von den jungen Leuten verlangte sie in plattdeutscher Sprache: „Gaht nah de Stadt un halt mi doa twölf Ellen scharlachrod Dök!“ Niemand hat ihren Wunsch erfüllt: Die Leute liefen immer nach Swinemünde und erreichten mit ihrer Mitteilung lediglich, daß Hunderte Menschen sich zum Golm aufmachten, um die Prinzessin zu sehen. Jedoch hat, als sie den Berg betraten, niemand die Prinzessin zu Gesicht bekommen.

In einer 1901 in Swinemünde verbreiteten Geschichte wird von einer alten Frau berichtet, die um diese Zeit das kleine Gasthaus auf dem Golm besuchte, das damals von einer Mutter mit ihrem Sohn betrieben wurde. Sie bat die beiden, die nur tagsüber in ihrer Gaststätte weilten und die Nacht stets in ihrer eigentlichen Wohnung am Zugang von Kamminke verbrachten, diese Nacht im Wirtshaus auf dem Berg bleiben zu dürfen. Anfangs trugen die Leute Bedenken, die Alte allein auf dem Golm zu lassen, aber als die ihnen versicherte, sie sei imstande, die Prinzessin zu erlösen, gaben die Gasthausbesitzer ihre Einwilligung.
Am folgenden Morgen begab sich der Sohn auf den Weg zum Golm, um herauszubekommen, wie es der Alten in der Nacht ergangen sei. Jedoch wurde er bereits am Fuß des Berges von einer Hirschkuh aufgehalten, die sich, wie es heißt „gegen ihn aufbäumte“ und ihn an der Fortsetzung seines Weges hinderte. Zwar wird nicht beschrieben, wie das Tier aussah, jedoch versichert, daß es dem Jungen Grauen einflößte. Auf jeden Fall kehrte er um und wagte erst am nächsten Mittag gemeinsam

mit seiner Mutter den Aufstieg zum Berg. Als der Sohn, diesmal ungefährdet, oben angekommen, der alten Frau von seiner Begegnung mit der seltsamen Hirschkuh berichtete, fuhr diese ihn an: „Worüm hest du mi dat nich ihrer seggt, denn wier allens anners komen un ick härr de Prinzessin erlösen künnt! Nu över is de Tied, wur se erlöst werden kann, nächstens ganz vörbie, un wer weet, ob dat öwerhaupt noch wat ward!“
Nach diesen Worten wandte sich die Alte um und ging davon. Nie wieder ist sie am Golm oder sonstwo in der Gegend gesehen worden.

In den langen Jahren vergeblichen Wartens ist die schöne Golm-Prinzessin zu Stein erstarrt. Nur in der Pfingstnacht, in der Stunde zwischen zwölf und eins, wird sie lebendig, und Sonntagskinder können sie sogar zu Gesicht bekommen. Bei dieser Gelegenheit wirft die Prinzessin von der Höhe des Berges Stöcke hinunter, aber nur, wer einen solchen Stock findet und aufhebt, kann die verzauberte Jungfrau erlösen.

Auch in anderen Sagen ist von einer verwunschenen Frau und ihrem Reichtum die Rede und davon, daß sie ihn mit anderen Menschen teilen möchte. Ebenso wie für die Begegnungen mit der Prinzessin wird auch für das Erscheinen der Frau vom Golm stets der 24. Juni, der Johannistag, angegeben.

Einmal an solchem Tag sammelte eine arme Frau von morgens bis abends Bucheckern auf dem Golm. Als der Tag sich neigte und sie endlich ihre Kiepe bis zum Rande gefüllt hatte, machte sie sich auf den Heimweg. Kaum hatte sie jedoch zu Hause die Kiepe abgesetzt, stellte sie fest, daß die Waldfrüchte sich in pure Goldstücke verwandelt hatten. Erst jetzt erinnerte sich die Sammlerin daran, auf dem Berg in großer Entfernung eine unbekannte, schwarzgekleidete Frau bemerkt zu haben, die ihr freundlich zuwinkte und dann ebenso plötzlich verschwand, wie sie zwischen den Bäumen aufgetaucht war.

Ein andermal war es ein Mann, dem die schwarze Frau auf dem Golm begegnete. Zuerst wollte er weglaufen, als die dunkle Gestalt unvermutet zwischen den Buchen auftauchte, aber schließlich, als sie ihm mehrmals einladend winkte, siegte die Neugier über die Furcht, und er folgte ihr. Wortlos führte sie ihn zuerst in eine offene Höhle, die er vorher nie auf dem Golm bemerkt hatte. Dann ging er hinter ihr her einen langen Gang hinab und gelangte endlich in ein saalartiges Gewölbe, an dessen felsigen Wänden lange Reihen mit Gold und Silber gefüllter Kisten standen. Die schwarze Frau nickte freundlich und schweigend, und der Mann stopfte sich die Taschen voller Schätze. Als seine Gastgeberin ihn jedoch verführen wollte, ihr immer weiter in die Tiefen des Berges zu folgen, packte ihn die Angst. Er drehte sich um und floh aus der Höhle, so schnell ihn seine Füße trugen. Kaum war er draußen angelangt, schlug der Berg krachend hinter ihm zusammen, und ein furchtbares Heulen und Jammern ertönte aus seinem Innern.
Ausgerechnet am Johannistag des Jahres 1862, also drei Tage nach dem Sommeranfang, soll unvermutet Schnee gefallen sein, der die ganze Nacht liegenblieb. In eben dieser Nacht kamen drei junge Kaufleute von einer ausgedehnten Feier am Golm vorbei. Auch ihnen erschien plötzlich eine schwarz gekleidete Frau, deren Gesicht sie in der Dunkelheit nicht erkennen konnten, und forderte sie auf, stehenzubleiben. „Der Berg, vor dem ihr steht", behauptete die Unbekannte, „wird sich wunderbar verwandeln, euch aber wird dabei nichts geschehen!" Dieser Versicherung der unheimlichen Frau wollten die drei jungen Leute jedoch keinen Glauben schenken und ohne die Fremde einer Antwort zu würdigen, setzten sie eilig und ängstlich ihren Weg fort. Als sie sich umwandten, sahen sie die Gestalt verschwinden und hörten nur noch ihre klagenden Worte: „Nun muß ich wieder hundert Jahre warten!"

Nur ein einziges Mal wird davon berichtet, daß die sonst so freundliche und liebenswürdige schwarze Frau auch zu anderem Verhalten fähig war. Es war wieder an einem Johannistag, als drei junge Mädchen den Golm erstiegen, um dort oben den Geburtstag des einen von ihnen zu feiern.

Als sie auf der Höhe des Berges ankamen, die sie ja von früheren Besuchen her durchaus kannten, fanden sie alles verändert vor. Die ganze Landschaft schien einen fremden Charakter angenommen zu haben, so, als hätten hier oben Menschen die Spuren ihres Wirkens hinterlassen. Und tatsächlich entdeckten sie zwischen den Bäumen, gar nicht weit entfernt, ein großes Blockhaus mit offenen Türen und Fenstern. Noch nie, das wußten die Mädchen genau, hatte es hier oben eine menschliche Behausung gegeben. Nun aber stand plötzlich dieses Haus, und hinter dessen großem Giebelfenster saß noch dazu ein langbärtiger Mann, der nur damit beschäftigt war, eine offenbar große Menge Geld zu zählen und in Münzenstapeln aufeinanderzutürmen. Sie glaubten ihren Augen nicht zu trauen und gingen ein paar Schritte näher an das Haus heran, vorsichtig, weil sie auf keinen Fall bemerkt werden wollten. Plötzlich aber gewahrten sie hinter dem Haus in einiger Entfernung eine schwarze Frauengestalt, die ihnen freundlich winkend näherkam und immer wieder auf den Eingang einer Höhle wies, von deren Existenz die Mädchen allerdings auch noch nie gehört oder gar gewußt hatten. Anfangs trieb sie die Neugier, und sie gingen weiter auf das seltsame Haus und die noch seltsamere stumme Frau zu. Plötzlich aber packte sie die Angst, und alle möglichen Geister- und Wunderdinge, die im Dorf vom Golm erzählt wurden, fielen ihnen ein. Rasch wandten sie sich um und traten den Heimweg an. Da aber verwandelte sich das bisher so freundliche Gesicht der schwarzen Frau in eine furchterregende Fratze, ihre ganze Gestalt wuchs ins Riesenhafte, sie erhob sich in die Luft, und ihr langes ebenholzfarbenes Haar flatterte im Wind. In der Luft war ein Brausen zu hören, und wie im Sturmwind flog die schwarze Gestalt auf die fliehenden Mädchen zu. Die stolperten, sprangen und rannten so rasch sie konnten bergabwärts und das unheimliche Wesen sauste über und zwischen den Baumwipfeln hinter ihnen her. Erst als die Mädchen, von panischer Angst getrieben, die Wiesen am Fuße des Golm erreicht hatten, verschwand die schwarze Verfolgerin. Der Himmel war wieder hell und klar, und die Mädchen glaubten, ein böser Traum hätte sie genarrt.

Daß der wundersame Erwerb von Reichtum an bestimmte Bedingungen und Verhaltensweisen geknüpft wird, ist ein altes Sagen- und Märchenprinzip. Manchmal, wie bei der folgenden Golm-Erzählung, wissen die Betroffenen gar nichts davon, so daß ihre Möglichkeit, Schätze und Reichtümer zu erlangen, von vornherein zum Scheitern verurteilt ist:
Vier- oder gar fünfblättriger Klee war seit eh und je ein Glücksbringer. Als zwei Mädchen auf ihrem Weg von Kamminke nach Ahlbeck eines Morgens am Golm vorüberkamen und sich zum Ausruhen niedersetzten, entdeckten sie verwundert, daß um sie herum nur solch Klee stand. Eilig pflückten sie soviel wie möglich davon und stopften sich die Taschen voll in der Hoffnung, der Klee würde ihnen besonders viel Glück bringen. Sie erledigten wie gewöhnlich ihre Aufgaben in Ahlbeck, und nichts Besonderes geschah. Am späten Nachmittag ließen sie sich auf dem Heimweg an derselben Stelle unterhalb des Golms nieder und erschraken nicht wenig, als plötzlich neben ihnen, etwa auf dem Raum eines Quadratmeters, ein helles Feuer aufloderte und eine ganze Weile brannte, bis es ebenso schnell, wie es gekommen war, wieder erlosch. Die beiden Mädchen, die nicht wußten, was ihnen da widerfahren war, erzählten abends alles im Dorf. Da behaupteten ihre Familien, Verwandten und Bekannten, daß, wenn sie sich richtig verhalten hätten, sie nunmehr steinreiche Damen sein könnten, aber niemand konnte sagen, wie sie sich denn hätten verhalten sollen. Und so blieb alles beim alten. Das eine der beiden Mädchen hatte jedoch eine Tante, die über allerlei Wunder Bescheid wußte und fest davon überzeugt war, daß neben den Mädchen ein Haufen Geld gebrannt habe und daß, wenn man es nur geschickt genug anfinge, aus der vertanen Gelegenheit doch noch ein gewisser Gewinn zu ziehen sei.
„Hör zu“, sagte sie zu ihrem Mädchen, „ich gebe dir eine kleine Schaufel und einen Sack mit. Geh zurück zu der Stelle, an der es gebrannt hat, und schaufle alles in den Sack, was dort liegt, die Asche, den Sand und meinetwegen auch Pferdedünger – laß auf keinen Fall etwas liegen und bring es alles nach Hause!“
Das Mädchen kehrte also zu der Brandstelle zurück, schaufelte Sand, Geröll und Steine in den Sack, denn von Asche war nichts zu ent-

decken, und kehrte damit zur Tante zurück. Auch hielt sie sich an das Gebot der Alten, bei dem ganzen Unternehmen kein Wort zu sprechen. Als sie aber nach Hause gekommen war und den Sack in den Stall gestellt hatte, lief sie in die Küche, wo die Tante am Herd stand, und rief fröhlich: „Ich habe alles mitgebracht und kein Wort dabei gesprochen“. Entsetzt schlug die Frau die Hände über dem Kopf zusammen und schimpfte: „Ach, du dummes Gör! Du hättest doch bis morgen früh den Mund halten müssen, dann wäre der Sack voller Gold und Silber gewesen. Jetzt aber geh hin und sieh nach, was du mit deinem Schwatzen angerichtet hast!“

Das Mädchen lief hinaus in den Stall, riß den Sack auf und entdeckte nichts anderes als das Geröll, das sie mit eigener Hand hineingeschaufelt hatte.

So wie im Sagenkreis des Golm stets die verwunschene Prinzessin die Hauptrolle spielt, so dominiert in den folgenden Erzählungen vom Thurbruch die „Wilde Jagd“.

Erzählungen vom Thurbruch

Nach den Überlieferungen kann es in den vergangenen Jahrhunderten kaum einen Menschen gegeben haben, der das Bruchgebiet passierte, ohne dieser Geister-Meute begegnet zu sein. Dabei erschien die stets von laut kläffenden Hunden begleitete und immer berittene Horde sowohl einzelnen als auch Gruppen von Wanderern. Ihr Erscheinen war immer mit Sturm und Unwetter verbunden. Es wird auch berichtet, daß sich in ihrem Gefolge „Männer und Frauen in altmodischen Gewändern“ befanden. Von dem Anführer der Gespensterschar, dem „Wilden Jäger“, steht geschrieben, daß er selbst einen „weiten Mantel“ trüge und sein Roß Blitze durch die Nüstern stieß.

Es mögen einige Geschichten der „Wilden Jäger“ aus dem Thurbruch folgen: Eines Tages zu abendlicher Stunde waren bei Einbruch der Dunkelheit im Walde bei Ulrichshorst noch zwei Männer unterwegs, die ihrem Wohnort zustrebten. Da es im Thurbruch überhaupt keinen Wald gibt, kann es sich hier nur um einen Landweg nach Korswandt oder Ahlbeck gehandelt haben. Der eine von den beiden Männern, ein abgemusterter Matrose, erzählte seinem Gefährten, einem einheimischen Bauern, gerade von den lebensgefährlichen Unwettern auf See, als sich plötzlich ein Wind erhob, der sich schließlich zum Sturm steigerte und die Luft mit immer näher kommendem Brausen erfüllte.

Vergeblich versuchte der Bauer, den ortsfremden Seemann in die Mitte des Weges zu drängen. „Nur dort sind wir sicher", behauptetet er, aber der Matrose meinte: „Ach was! Wenn der Ozean tobt, dann mußt du mittschiffs bleiben, damit die Brecher dich nicht über's Schanzkleid werfen, aber hier?! Ist doch lächerlich!"

In diesem Augenblick war die Wilde Jagd heran. Heulend, johlend und jaulend fegte es wie ein Orkan über die Männer hin, und beide waren sicher, Hundegebell zu hören. Während Bäume und Sträucher am Rande ächzend niedergebeugt wurden, ertönte im Tosen des Unwetters eine gewaltige Stimme: „Haltet den Mittelweg!"

Ein niedersausender Ast schlug dem Matrosen die Mütze vom Kopf, ein zweiter fiel vor ihm nieder. Den hob er, immer noch nicht in die Wegmitte gehend, rasch auf, fuchtelte damit herum und schrie: „Der Kloben ist mir recht für meinen Herd! Damit werd' ich mir ein Süppchen kochen!"

Lärmend flog die Wilde Jagd vorbei. Als der Spuk verschwunden war und die beiden Wanderer wieder allein auf dem Korswandter Weg standen, stellten sie fest, daß dem Bauern nichts zugestoßen, der widerspenstige Matrose aber im Gesicht und an den Händen durch Schrammen und Kratzer verwundet und zerschunden war.

Wer durch das Thurbruch wandert, darf sich nicht verspäten. Er könnte sich leicht verirren. Genauso erging es einem jungen Mann zwischen Gothensee und Kachliner See. Die abendliche Dämmerung begann sich in nächtliche Dunkelheit zu verwandeln, schon tanzten Irrlichter über das Moor, schon war der Wanderer unsicher, wohin er seinen Fuß setzen und welchen Weg durch das Bruch er einschlagen sollte. Plötzlich vernahm er einen gellenden Pfiff und ein rasch näherkommendes Brausen. Ängstlich versuchte er sich hinter einen niedrigen Busch zu ducken, was ihm in der Eile kaum gelang. Da war die Wilde Jagd bereits heran. Schon oft war dem Wanderer von dieser furchteinflößenden Erscheinung berichtet worden, doch immer hatte er sie als Aberglauben verlacht. Nun aber, zitternd hinter dem Gesträuch hockend, sollte er sie zu Gesicht bekommen: Trompetenschall und Trommelwirbel begleiteten die galoppierende Reiterschar, in deren Mitte ein Mönch aus dem Kloster Pudagla ritt, der am lautesten gröhlte, und deren Schluß ein schwarzgekleideter Ritter bildete, dem eine kläffende Hundemeute folgte. In wenigen Augenblicken, in denen der Wanderer die größte Furcht seines Lebens ausstand, flog die Gespensterschar an ihm vorbei. Der junge Bursche, vor Schreck gelähmt, konnte seinen Weg nicht fortsetzen. Er fiel in einen tiefen Schlaf, aus dem er erst erwachte, als die Sonne ihre ersten Strahlen über das Moor sandte und die Lerche jubelnd in den Himmel stieg.

Ein andermal war eine Reetzower Bäuerin zwischen Katschow und Prätenow unterwegs. An diesem Tage hatte sie einen Kupferkessel aus Usedom abgeholt, den ein dortiger Klempner repariert hatte. Als sie nun auf dem Weg über den Katschower Sandberg hinter sich jenes Heulen und Brausen hörte, von dem man in ihrem abgelegenen Heimatdorf schon seit eh und je wußte, daß es nur die Wilde Jagd begleitete, zeichnete die Frau rasch einen Kreis in den Sand und ein paar Kreuze rundherum. Dann hockte sie sich in diesem Kreis nieder und stülpte den Kupferkessel, über sich. Schon waren die Wilden Jäger heran, die Frau hörte in ihrem Versteck das Pferdegetrappel und das Heulen der Hunde. Plötzlich schlug jemand laut gegen den Kupferkessel und die Frau vernahm eine Stimme, die rief: „Schade! So ein fetter Braten, aber leider fest versiegelt!“ Noch einmal schlug jemand gegen den Kessel, dann endlich verschwand die lärmende Horde, und die Bäuerin aus Reetzow war erlöst von ihrer Angst.

Natürlich war das Thurbruch nicht immer jenes sagenumwobene Moor, über dessen Fläche Irrlichter tanzten und aus dessen Dunst- und Nebelschwaden die Wilden Jäger hervorstürmten. Lange vor jener Zeit war dieses Gebiet von Urwald bedeckt. Es muß aber wohl auch freie Wiesenflächen darin gegeben haben, denn woher sollten die Auerochsen, nach denen das Gebiet ja benannt wurde, sonst ihre Nahrung bezogen haben? Von dieser Logik geht jene Geschichte aus, in der ein Hirte aus Reetzow seine dörfliche Herde zum Weiden in jenen Urwald trieb und dazu seinen kleinen Sohn mitbrachte. Der Vater wußte nicht, daß in diesem Walde der Vogel Greif seinen Horst hatte, und vermutete deshalb keinerlei Gefahr, als er den Knaben für eine kurze Weile allein lassen mußte. Kaum war er außer Sichtweite, als auch schon der Vogel Greif das Kind raubte und es in seinen Horst trug. Dort überließ er es seinen Jungen und flog erneut davon.
Als der Hirte zurückkehrte und feststellte, daß sein Sohn verschwunden war, lief er, laut und verzweifelt rufend, durch den Wald. Plötzlich hörte er aus der Höhe die Stimme des Knaben und entdeckte den Horst im Wipfel eines hohen Baumes. Ohne zu zögern, kletterte der Mann hinauf und rettete sein Kind aus den Fängen der jungen Greifen. Vorsichtig ließ er sich mit dem Sohn am Stamm der mächtigen Tanne hinabgleiten. Unten angekommen, beschloß er, die Brut des Greifen auszurotten, damit nie wieder Kinder geraubt oder Menschen in Gefahr gebracht werden konnten. Kurz entschlossen legte er Feuer und setzte auf diese Weise den ganzen Urwald in Flammen. Noch Jahrzehnte später zeugten Reste angekohlter Bäume, die bei Erdarbeiten im Thurbruch gefunden wurden, von jenem fernen Brand, mit dem die Greifen in diesem Gebiet vernichtet wurden.

Die meisten Sagen oder sagenhaften Geschichten der Insel Usedom sind an bestimmte Orte und die dort lebenden Einwohner gebunden. Natürlich konzentrieren sich die Erzählungen vor allem auf die ältesten Dörfer und Siedlungen im Innern der Insel. Abgesehen von Koserow, ist kaum ein Küstenort betroffen. Das mag vor allem daran liegen, daß diese Siedlungen meist aus einer Zeit stammen, in der keine Sagen mehr entstanden. Die Seebäder sind im wesentlichen Gründungen des 19. Jahrhunderts. Ihre technische und gesellschaftliche Modernität brachte keine Sagen und Märchen hervor. Auch über die frühere Hauptstadt der Doppelinsel Usedom-Wollin gibt es erstaunlich wenig zu berichten.

Sagen und Geschichten aus einigen Orten und Landschaften

SWINEMÜNDE
Vom sagenhaften Vineta und von allerlei Spukgeschichten

Swinemünde war (und ist) das Eingangstor für Stettin, war und bleibt dessen unverzichtbarer Vorhafen. Es gab und gibt kaum einen Ort an der Meeresküste von Usedom, dessen Geschichte nicht auf irgendeine Weise oder in irgendeinem Punkt mit der versunkenen Märchenstadt Vineta in Verbindung gebracht werden könnte. Jede sich dazu bietende Gelegenheit wurde sofort genutzt. In Swinemünde bot sie sich im Jahre 1895, als beim Hafenbau die Bagger zwei Kirchenglocken zutage förderten, die offenkundig ein erhebliches Alter aufwiesen und sich deshalb an diesem Ort schlecht in nachweisbare Lokalgeschichte einordnen ließen.
Während die kleinere der beiden Glocken, die allerdings nur zur Hälfte erhalten war, am unteren Glockenrand lediglich einen Greif – möglicherweise als Guß-Marke – aufwies, verfügte ihre größere Schwester über eine Inschrift. Beide Glocken, die damals sofort dem Stettiner Museum übergeben wurden, wiesen auch sonst erhebliche Unterschiede auf. Die relativ schmucklose kleinere wog nur 76 kg bei einer Höhe von 34 cm und einer Weite von 55 cm. Die 67 cm hohe, 61 cm weite und 179 kg schwere größere Glocke zeigte auf ihrem äußeren Mantel die Abbilder der heiligen Katharina und eines unbekannten Bischofs, sowie in gotischen Lettern die lateinische Inschrift: O rex glorie, christe, veni cum pace.

Außer diesem wenig sagenhaften Ereignis sind aus der historisch relativ jungen Stadt vornehmlich Spukgeschichten bekannt. So soll die Wilde Jagd noch im vorigen Jahrhundert ungehindert mitten durch die Stadt gebraust sein, deren Einwohner sich dann hinter dicht verschlossenen Fenstern und Türen ihrer Häuser versteckten. Ansonsten spielten sich die Spukgeschichten meist am Rande der Stadt, vornehmlich nahe der sogenannten Boll-Brücke in Richtung Korswandt ab. So soll sich hier auf dem Kalkberg oft eine weißgekleidete Frau mit einem großen Schlüsselbund haben sehen lassen, die wie die Golm-Prinzessin auf Erlösung wartete. Einmal traf ein Mann aus Swinemünde auf die weiße Frau, als diese gerade dabei war, im nahegelegenen Wolgastsee ihre Wäsche zu waschen. Der Mann, der an eine Geistererscheinung glaubte, rief, um den Spuk zu bannen, laut: „Gott, helf!“ Da richtetet sich die weiße Frau auf und sagte: „Ach, du Tölpel! Hättest du ‘Gott helf uns allen!’ gerufen, dann wäre auch ich erlöst. Jetzt muß ich noch ein langes Jahrhundert verzaubert bleiben“. Der Mann, der seinen Augen und Ohren nicht zu trauen glaubte, ergriff die Flucht vor der Erscheinung. Die weiße Frau aber schleuderte wütend ihr Schlüsselbund hinter dem Fliehenden her und traf ihn im Rücken. Kaum war der Mann in Swinemünde angekommen, wurde er krank und mußte sich zu Bett legen. Nach drei Tagen war er tot.
Auch soll in der Nähe der Bollbrücke bisweilen ein gesichts- und gestaltloser Spuk wirken, der die Leute mit magischer Kraft am Weitergehen hindert und sie zwingt, einen anderen Weg zu wählen.

Durchaus nicht gestalt-, wohl aber gesichtslos war das kopflose Pferd, das noch in den letzten Jahren des vergangenen Jahrhunderts in Swinemünde hauste und von den Einwohnern den eigenartigen Namen „Kielbock“ bekommen hatte. Es tauchte allerdings nur einmal im Jahr, nämlich in der Johannisnacht, in der Stadt auf. Merkwürdigerweise trat es aus irgendeinem Hause der Färberstraße heraus und lief, kopflos, bis zum Marktplatz. Dort hielt es sich die ganze Geisterstunde von Mitternacht bis 1 Uhr ausgerechnet an der Stelle auf, an der vorher ein Mensch hingerichtet worden war (ob je auf dem Swinemünder Marktplatz ein Mensch hingerich-

Am Peenestrom auf der Insel Usedom

tet wurde, ist nicht bekannt). Dann kehrte es wieder in die Färberstraße zurück und blieb ein Jahr lang verschwunden. In geradezu wohltuender Weise dem Leben zugewandt ist die Geschichte jenes kleinen Swinemünder Kobolds, der Puck oder Puks genannt wurde und sich im Gebälk eines alten Fachwerkhauses aufhielt, das damals an der Ecke der Königsstraße stand. Tag und Nacht arbeitete und werkelte der Puck für den Hausbesitzer, der es mit der Zeit zu Wohlstand und Ansehen brachte. Nach dessen Tod ging das Haus in den Besitz eines Bäckers über, der nichts von dem Kobold wußte. Ahnungslos ließ er das alte Fachwerkhaus abreißen, um ein neues, modernes Steinhaus an dessen Stelle zu setzen. Das Gebälk aber, in dem der Puks wohnte, verkaufte er an einen Nachbarn in der Lotsenstraße, der damit seinen Dachstuhl erneuerte. Eifrig und ohne Pause arbeitete der Puks nunmehr für seinen neuen Herrn, der es im Laufe der Zeit ebenfalls zu erheblichem Wohlstand brachte. Niemand in Swinemünde konnte begreifen, woher das kam, denn der Mann selbst galt nicht gerade als der Ausbund von Fleiß und Regsamkeit. Schließlich, schon eine Weile nach seinem Tode, durchstöberten spielende Kinder das leere und verlassene Haus und kamen auch auf den Boden. Dort entdeckten sie ein winziges Männchen mit breitkrempigem Hut und einem feuerroten Mantel mit vierzehn goldenen Knöpfen, und es war ihnen sofort klar, daß sie vor einem Kobold standen. Auf der Stelle machten sie kehrt, um ihre Eltern herbeizuholen, aber als die Erwachsenen eilig den Boden des Hauses erstürmten, war der Puks verschwunden und niemand hat ihn wiedergesehen.

HERINGSDORF
Die „Störtebeker-Kuhle“

Wie bereits erwähnt, gibt es von den Seebädern nur wenige Sagen. Abgesehen von Koserow, haftet keinem der Usedomer Badeorte eine sagenhafte Legende an – lediglich über Heringsdorf gibt es eine Aussage, die jedoch weniger Legende als historische Wahrheit gewesen sein kann.

Aber auch historische Aussagen aus dem frühen Mittelalter haben ihre Tücken und können wiederum zu Legenden geraten. Wie dem auch sei, hier die Geschichte über Heringsdorf: Gegenüber dem dortigen Bahnhof auf der linken Seite der Ahlbecker Chaussee gibt es in der hügeligen waldbestandenen Dünenlandschaft eine Senke, in der sich heute eine Garagenanlage befindet. Diese Senke galt und gilt als Niederlassung des Seeräubers Störtebeker an diesem Küstenabschnitt. Noch heute führt sie den Namen „Störtebeker-Kuhle", eine uralte Bezeichnung, die bereits Theodor Fontane verwendete, als er seine Kindheit in dieser Gegend verbrachte. Die Störtebeker-Höhle, wie die Senke ebenfalls genannt wurde, soll dem berühmt-berüchtigten Klaus nicht nur als Winterquartier, sondern vor allem als Versteck für die auf seinen Beutezügen zusammengeraubten Schätze gedient haben. Ein unterirdischer Gang, der von diesem Punkt aus bis auf die heutige Promenade des jetzigen Seebades geführt haben soll, diente ebenfalls als Lager für wertvolle Beute. Diese Schätze muß die Erde wahrhaftig verschlungen haben – sie sind jedenfalls nie wieder aufgetaucht.
Einer anderen Sage zufolge soll Klaus Störtebeker in seiner Heringsdorfer Höhle auch die Tochter des Wolliner Bürgermeisters verborgen gehalten haben, die er zum Zwecke der Lösegeld-Erpressung vorübergehend geraubt haben soll. Eine zweite Niederlassung ähnlicher Art hatte der Korsar am Streckelsberg bei Koserow.

KOSEROW
Von Störtebekers Unterschlupf, der Bernsteinhexe und den goldenen Eiern von Vineta

Der Koserower Streckelsberg ist die höchste Erhebung an der Usedomer Meeresküste. Sie verbarg eine Senke, die wie in Heringsdorf Räuberkuhle genannt wurde. Im Unterschied zu Heringsdorf soll diese Niederlassung jedoch nicht nur als Versteck für geraubte Schätze gedient haben. Angeb-

lich wurden die Vitalienbrüder von hier aus auch auf der Insel selbst aktiv tätig. Sie sollen über Straßen und Wege in der Nähe der Küste verborgene Drähte gespannt haben, die, wenn sie durch einen Wanderer oder ein Fahrzeug berührt wurden, in Störtebekers Strandlager eine Glocke betätigten. So war es ein leichtes, die Betreffenden zu überfallen und auszurauben.
An dieser Stelle soll nicht unerwähnt bleiben, daß in einigen Fällen auch von einer engen Kooperation zwischen den Einwohnern und den Vitalienbrüdern berichtet wird, da die Seeräuber kein herrschaftliches Regiment errichteten und einen Teil der Beute stets den Einheimischen zur Verfügung stellten. Der Koserower Streckelsberg ist überhaupt ein Konzentrationspunkt für die märchenhaften Geschichten auf der Insel Usedom. Er nimmt, was die lokale Sagenwelt angeht, sowohl für den Ort selbst als auch für die Insel überhaupt einen ähnlichen Stellenwert ein wie das ebenfalls mit Koserow verbundene Vineta.
So gilt der Höhenzug beispielsweise als die sogenannte Schatzkammer des Bernsteins. Nach dieser Lesart soll aller Bernstein, der an den Küsten von Usedom und Wollin angeschwemmt wird, aus dem Streckelsberg stammen. Die Vorstellung darüber, wie dieses Reservoir aussieht, ist tatsächlich sagenhaft: So soll im Innern des Berges der Bernstein – immerhin nichts weiter als verfestigtes Baumharz! – in großen zentnerschweren Blöcken (!) abgelagert sein. Jedesmal, wenn das Meer bei Sturm mit besonderer Heftigkeit den Küstensaum des Streckelsberges attackiert, werden kleinere und größere Stücke dieser Bernsteinblöcke abgespalten, die dann überall an den Strand gespült werden.
Natürlich ist mit diesem Bernsteinschatz auch die Existenz einer verwunschenen Bernsteinjungfrau verbunden, die, in einen großen Findling vor dem Streckelsberg eingeschlossen, nur alle hundert Jahre am Koserower Strand spazierengeht und auf ihren Erlöser wartet.
Die sagenhafte Gestalt der Bernsteinjungfrau mag es gewesen sein, die den schriftstellernden Koserower Pfarrer Wilhelm Meinhold dazu anregte, nach alten Akten und Kirchenbüchern jenen Roman zu verfassen, der selbst schon zu einer Legende wurde und 1843 unter dem Titel „Maria

Strand vor Koserow

Schweidler, die Bernsteinhexe, der interessanteste aller bisherigen Hexenprozesse, nach einer defekten Handschrift ihres Vaters, des Pfarrers Abraham Schweidler in Coserow auf Usedom“ erschien. Das Buch wurde zum erfolgreichsten pommerschen Roman des 19. Jahrhunderts und hat bis heute nichts von seinem Reiz eingebüßt. Niemand allerdings verwendet den umfänglichen Titel. Das Buch wird so bezeichnet wie seine Hauptfigur, die Koserows sagenhafte Bedeutung nicht weniger beeinflußt hat als die Vineta-Legende: „Die Bernsteinhexe“.
Hier die überlieferte Geschichte: Die Pfarrerstochter Maria Schweidler gerät in der Notzeit des Dreißigjährigen Krieges durch ihr Wissen um die Bernsteinadern im Streckelsberg in den Verdacht der Zauberei und Hexerei und wird in einem aufwendigen Prozeß unter dem Vorsitz des Pudaglaer Amtmanns Wittich von Appelmann zum Feuertod auf dem Streckelsberg verurteilt. Ihr wird vorgeworfen, sich nach der restlosen Zerstörung des Dorfes Koserow durch die kaiserlichen Truppen im Sommer 1630 mit dem in Wolfsgestalt erscheinenden Teufel mehrfach auf dem Berg getroffen und in Gemeinschaft mit ihm für das Viehsterben im Dorf und den Niederschlag der Kornfelder gesorgt zu haben. Die Anklage kommt zustande auf Grund der Anzeige und Aussage der Koserower Einwohnerin Lise Kolken, die Treffen und Verabredung mit dem Teufel beobachtet haben will. Alle Unschuldsbeteuerungen der Pfarrerstochter nützen nichts. Das heimliche Geständnis der inzwischen verstorbenen Lise Kolken, daß sie gemeinsam mit ihrem früheren Geliebten Appelmann die Hexerei vollbracht habe, wird verschwiegen. Als der Amtmann auf dem Wege zur Hinrichtungsstätte der Maria Schweidler vom Pferd stürzt und sich das Genick bricht, wird auch dieser Tod den angeblichen Zauberkräften der Pfarrerstochter angelastet. Erst kurz bevor der Schinderkarren mit der Verurteilten den auf dem Streckelsberg vorbereiteten Scheiterhaufen erreicht, kann der bis dahin durch Krankheit ans Bett gefesselte junge Herr vom Schloß Mellenthin, Junker Rüdiger von Neuenkirchen, die Hinrichtung der Unschuldigen vereiteln. Dem Gericht gegenüber bekennt er, seit langem der Geliebte Marias zu sein und sich mit ihr regelmäßig auf dem Streckelsberg getroffen zu ha-

Fischerboote am Strand

ben. Um seinen ebenfalls verstorbenen Vater, der diese Beziehung nicht billigen wollte, zu täuschen, habe er sich dabei stets in ein Wolfsfell gehüllt, was ihn zwar unkenntlich gemacht, Maria jedoch in diese schreckliche Situation gebracht habe. Durch sein Geständnis und mehrere dementsprechende Zeugenaussagen aus der Dienerschaft des Ritters läßt sich das Gericht überzeugen und setzt Maria Schweidler wieder auf freien Fuß. Rüdiger von Neuenkirchen begnügt sich aber nicht mit dieser Befreiungstat. Vielmehr läßt er den uralten Adelsbrief der Schweidlers vom Kaiser erneut bestätigen und heiratet die nunmehr durchaus ebenbürtige und also standesgemäße Koserower Pfarrerstochter.

Neben dieser literarischen Roman-Schöpfung lebt die Sagenwelt von Koserow vor allem von den Berichten und Geschichten aus und über die versunkene Stadt Vineta. Obwohl die Wissenschaft seit vielen Jahrzehnten diese auch Jumneta, Jumne und Julin genannte Stadt auf der Nachbarinsel Wollin lokalisiert, wo schon lange auch entsprechende erfolgreiche Ausgrabungen erfolgen, hält sich im Volksbewußtsein hartnäckig der Standort Koserow. Begünstigt wird diese Vermutung durch das dem Seebad vorgelagerte sogenannte Vineta-Riff, eine auf dem Meeresboden erkennbare Steinansammlung, in deren regelmäßiger Anordnung angeblich städtische Grundzüge erkannt werden können.
Natürlich weiß die Sage auch hier zu vermelden, daß die Stadt alle hundert Jahre am Ostermorgen aus dem Meer auftauche und dann von einem Sonntagskind erlöst werden könne. Für den Untergang Vinetas steht eindeutig fest: Der Reichtum hat die Moral verdorben, also war keine Rettung möglich.
Die folgenden Vineta-Sagen enthalten dieses Thema in den unterschiedlichsten Variationen: Vor viel mehr als tausend Jahren hat an der nordöstlichen Küste der Insel Usedom die weltberühmte Stadt Vineta gelegen, die wegen der Laster und Wollust ihrer Einwohner schon zu Zeiten des großen Kaisers Karl ein schreckliches Ende genommen hat. Vineta war die größte Stadt in Europa, größer selbst als das schöne Konstan-

tinopel, und ihre Einwohner kamen aus aller Herren Länder. Griechen, Wenden, Sachsen und vielerlei andere Stämme lebten friedlich nebeneinander und galten überall als ehrbar und züchtig. In ihrer Gastfreundschaft und Höflichkeit gegenüber fremden Besuchern wurden sie von niemandem übertroffen. Sie trieben einen überaus erfolgreichen Handel mit allen Teilen der Welt, und ihre Läden waren gefüllt mit den seltsamsten und kostbarsten Waren. Der Handel brachte ihnen unvorstellbaren Reichtum ein, und sie wurden immer übermütiger. Ihre Stadttore bauten sie aus Erz, ihre Glocken gossen sie aus Silber, und ihre Kinder spielten mit Silbertalern auf den Straßen. Der Reichtum brachte sie soweit, daß sie ihren Kindern schließlich den Hintern mit Semmeln wischten. Dafür aber traf sie der gerechte Zorn Gottes, und in einer gewaltigen Sturmflut wurde die Stadt vom Meer verschlungen. Nachdem dies geschehen war, kamen die Schweden mit einer großen Anzahl von Schiffen und bargen aus dem Meer die Reichtümer, derer sie habhaft werden konnten, Gold, Silber, Zinn und Marmor. Selbst die ehernen Stadttore nahmen sie wie die übrige Beute mit nach Wisby auf Gotland, wohin sich schließlich auch der Handel Vinetas zog.
Noch immer herrscht reges Leben in der versunkenen Stadt. Nur wenn das Wasser ganz still ist, kann man auf dem Meeresgrund die Gestalten der Einwohner durch die Straßen gehen und auf den Plätzen wandeln sehen. Sie sind in lange Gewänder gekleidet, manche sitzen hoch zu Roß, andere in prächtigen goldenen Wagen. Bisweilen jedoch folgen sie in einem langen Trauerzug einem unbekannten Sarge.

Einige Zeit vor dem Untergang Vinetas ist eine Wasserfrau an die Mauern der Stadt herangeschwommen und hat den Wachen und Einwohnern mit schauerlicher Stimme zugerufen:

„Vineta, Vineta,
de rieke Stadt,
Vineta sall unnergahn,
wiel se hätt väl Böses dahn!“

Dreimal hat die Wasserfrau dies gerufen, aber niemand in Vineta kümmerte sich um solche Warnung – also ereilte alle das göttliche Strafgericht!

In der Stadt Vineta besaß eine Frau eine Henne, die ihr jeden Tag ein goldenes Ei legte, so daß die Nachbarn sich schon wunderten, wie die einfache Frau zu ihrem ungewöhnlichen Reichtum kam. Der Wohlstand allerdings, in dem sie lebte, machte sie immer geldgieriger, und so ist es nicht verwunderlich, daß sie nur allzu gern dem Rat eines Verwandten folgte, der ihr folgendes eingeredet hatte: „Wenn du jeden Tag mehr als ein einziges goldenes Ei erhalten willst, bringe am Boden des Hühnerkorbes eine Klappe an. Mit deren Hilfe nimmst du der Henne, kaum daß sie das erste Ei gelegt hat, dieses unter dem Leibe fort. Das Tier aber, das aufstehen und sein Ei begackern will, findet gar keins vor. Also wird es flugs ein neues legen, mit dem du es ebenso machst wie mit dem ersten – und du kannst soviel Eier bekommen, wie du gerade willst." Die Frau brachte tatsächlich eine Bodenklappe an dem Hühnerkorb an und griff am nächsten Morgen nach der üblichen Legezeit der Henne dem Tier sofort unter den Leib. Statt des erwarteten goldenen Eis zog sie allerdings nur einen Zettel hervor, auf dem sie zu ihrer größten Verwunderung lesen mußte:

„Du suchst mich zu betrügen,
nun straf ich dir das Lügen!"

Kaum hatte sie dies gelesen, wollte sie das Huhn packen, aber es war verschwunden und kehrte nie zurück. Mit den goldenen Eiern von Vineta war es endgültig vorbei.

In Vineta lebte einst ein reicher Kaufmann, der genauso hieß wie die Insel, auf der seine Heimatstadt lag: Usedom. Er und seine Frau gingen nur in Samt und Seide gekleidet, alle Räume seines großen Hauses waren auf das prächtigste ausgestattet, und in seinem Stall standen vier Füchse für

die Kutschen und ein Schimmel zum Reiten. Dieser Schimmel war das schnellste Pferd in ganz Vineta, und Kaufmann Usedom hatte ihm den Namen „Spring-in-den-Wind“ gegeben. Als er eines Tages auf einem Waldweg in das Hinterland der Stadt ritt, um nachzuschauen, wie es mit einem lange erwarteten Warentransport stünde, fielen ein halbes Dutzend Räuber über ihn her. Einer packte das Pferd am Zügel, einer hielt ihm eine Stange vor. Blitzschnell jedoch riß sich der Schimmel los, setzte über die Stange und brachte scinen Herrn in einem wilden Galopp nach Vineta zurück. Diese Lebensrettung wollte Usedom ihm sein Leben lang nicht vergessen. Niemals wollte er das Tier verkaufen, sondern es gut halten und schonen und ihm täglich dreimal eine große Metze Hafer geben. (Eine Metze sind nach heutiger Lesart dreieinhalb Liter.)
Zuerst hielt sich der Kaufmann auch an das, was er sich vorgenommen hatte, aber allmählich vergaß er, daß er dem Schimmel sein Leben verdankte. Das Pferd, das sich auf dem erwähnten Ritt zu sehr erhitzt hatte, wurde mit der Zeit steif und lahm. Schließlich erblindete es sogar, so daß Usedom nicht mehr auf ihm reiten konnte und sich ein neues Pferd kaufen mußte. Das alte Pferd wollte er nur noch pflegen. Aber das alte Pferd war ja noch gar nicht alt und brauchte noch viele Jahre gute Pflege. Allmählich schien dem Kaufmann das zu teuer: Zuerst setzte er die Tagesration an Hafer von drei Metzen auf zwei herab, dann gab er dem Tier nur noch eine Metze. Schließlich war ihm auch das noch zuviel, und er beschloß, den Schimmel wegzujagen. Da der freiwillig nicht gehen wollte, trieb Usedoms Knecht ihn mit Knüppelschlägen aus dem Stall und vom Hof bis vor das Tor des Anwesens. Sieben Stunden und die ganze Nacht wartete das Pferd darauf, daß man es wieder einließe. Endlich trieb der Hunger es fort. Da es jedoch blind war, stieß es überall an und fand auch nichts zu fressen.
Viele Jahrzehnte vorher hatte der weise Rat von Vineta mitten in der Stadt auf einem öffentlichen Platz ein Glockenhaus errichten lassen, das der Gerechtigkeit dienen sollte und auch immer gedient hatte: Wenn sich nämlich ein Bürger der Stadt von einem anderen ungerecht behandelt fühlte, brauchte er im Glockenhaus nur die dort befindliche Glocke zu

läuten, und die Richter eilten herbei, um dem Kläger zu seinem Recht zu verhelfen. Auch das blinde Pferd tapste zufällig in dieses Haus und zog, immer auf der Suche nach Futter, an dem Hanfstrick der Glocke. Auf deren Geläut versammelten sich Vinetas Richter um das Pferd, und da ihnen das Schicksal des Tieres wohl bekannt war, riefen sie den Kaufmann Usedom herbei und verpflichteten ihn, den Schimmel wieder zu sich zu nehmen und ihn gut zu versorgen bis an sein Lebensende.

KARLSHAGEN
Von den Verirrungen in den „Zwölfschillingen"

Der Waldbesitz der Stadt Wolgast erstreckte sich früher bis auf die Insel. Auch das Forstgebiet um Karlshagen gehörte dazu. Ein Teil dieser Waldungen führte den Namen „Zwölfschillinge", weil hier einst ein Förster von Räubern erschlagen wurde, die allerdings nicht mehr als zwölf Schillinge bei dem Ermordeten fanden. Seither treiben Geister ihr Unwesen in dem Waldstück, die Wanderer und Spaziergänger vom rechten Weg locken und in die Irre führen sollen.
Auf jeden Fall ist der Ausspruch eines Försters überliefert, der für dieses Gebiet von Amts wegen zuständig war und gesagt haben soll: „Wenn der ganze Peenemünder Busch so sein sollte wie die Zwölfschillinge, dann möchte der Teufel hier Förster sein!"
Die Geschichten, die über dieses Waldstück erzählt und aufgezeichnet wurden, entsprechen diesem Charakter und sind sich infolgedessen alle ähnlich:

In Peenemünde fand eine Hochzeit statt, zu der auch Gäste aus Karlshagen geladen waren. Sie nahmen sich einen Wagen und einen durchaus ortskundigen Kutscher und fuhren von Karlshagen durch den Wald nach Peenemünde. Als sie jedoch in das Gebiet der Zwölfschillinge gelangten, versagten die Ortskenntnisse des einheimischen Wagenlenkers, und auch von den hier beheimateten Fahrgästen wußte plötzlich niemand mehr

Am Peenestrom bei Karlshagen

Bescheid. Stundenlang fuhren sie durch den Wald, ohne daß irgendjemand den rechten Weg fand. Schließlich lief sich der Wagen fest, die Räder blockierten, und die Insassen des Fahrzeuges mußten die ganze Nacht im Busch verbringen, bevor sie am nächsten Morgen endlich aus dem Gebiet herausfanden.

Daß solche Verirrungen nicht nur abends oder nachts vorkamen, wenn Dämmerung und Dunkelheit sie begünstigen konnten, belegen die Berichte zweier Karlshagener Bürger, die sich zu unterschiedlichen Zeiten in diesem Gelände aufhielten. Der eine von ihnen ging am Nachmittag in das Waldgebiet, um sich einen Weihnachtsbaum zu holen. Als er ihn geschlagen und zusammengebunden hatte, konnte er den Rückweg nicht wiederfinden. Stundenlang irrte er vergeblich umher und entdeckte erst morgens, als die Sonne aufging, einen Pfad, der ihn aus dem Wald führte.
Der andere hatte am Morgen sein Pferd auf eine Koppel hinter dem Wald gebracht und wollte es am Mittag wieder zurückholen. Auf dem Weg durch die Zwölfschillinge verirrte er sich so gründlich, daß er nicht einmal mehr die Richtung wußte, in die er gehen mußte. Dreimal kam er an ganz verschiedenen Stellen an den Waldrand, bis er endlich und nach mehreren Stunden jenen Weg wiederfand, der ihn zu der Koppel führte.

PEENEMÜNDE
Vom Männlein in der Futtermolle

Peenemünde ist, seiner strategisch wichtigen geographischen Lage wegen, von Anfang an nicht nur ein Fischerdorf, sondern bis in die Gegenwart hinein auch und vor allem ein militärischer Standort gewesen. In der Geschichte der Kriege hat das Dorf meist eine entscheidende Rolle gespielt. Die reicht von Gustav Adolf über Friedrich den Großen bis zu Wernher von Braun, vom schwedischen Degen über die preußische Muskete bis zur deutschen V 2. Über diesen Ort sind in vielen Sprachen

Fischerhütten in Zecherin am Peenestrom

der Welt Berichte, Dokumentationen und Sachbücher geschrieben worden, Sagen und Märchen sind das allerdings nie gewesen. An solcher Art Literatur ist Peenemünde nur schwach beteiligt, und auch in diesen Teilen dominiert verständlicherweise der militärische Akzent.
Eine Ausnahme macht lediglich das „Männlein in der Futtermolle", wobei unklar bleibt, was das eigentlich sein, auslösen oder bewegen soll. Jedenfalls wird behauptet, daß selbst in unserem Jahrhundert alle älteren Peenemünder Fischer diese Erscheinung mit eigenen Augen gesehen hätten: Bei stürmischem Wetter nähert sich vom Freesendorfer Haken her der Peenemünder Küste ein eigenartiges kleines Fahrzeug, das die Form einer Holzmulde hat, wie sie früher zur Tierfütterung verwendet wurde. In diesem Trog hockt eine Art Zwerg, der eifrig mit zwei Küchenkellen rudert. Vor ihm brennt ein sehr großes und helles Licht, dessen Schein das Boot weithin sichtbar macht. Das Fahrzeug legt nirgends an, sondern entfernt sich, an Peenemünde vorbei, in nördlicher Richtung, wo die kleinen Inseln Ruden und Oie liegen. Jedoch weiß niemand zu sagen, ob es dort festmacht oder seine Fahrt auf die offene See fortsetzt. Es taucht auf und verschwindet, und sein Woher bleibt ebenso unklar wie sein Wohin.

Eine der bedeutendsten militärischen Befestigungen auf der Insel Usedom war in den Kriegen der vergangenen Jahrhunderte die Peenemünder Schanze. Stets war die Anlage ein heißumkämpfter Platz. Im Siebenjährigen Krieg waren preußische und schwedische Truppen mit wechselndem Erfolg an den militärischen Auseinandersetzungen um die Schanze beteiligt. Selbstverständlich blieben die Kampfhandlungen nicht auf den Bereich der Festungsanlagen beschränkt und drohten auch auf das nahegelegene Dorf überzugreifen. Als die ersten Granaten dann tatsächlich dort einschlugen, verließen die Bewohner fluchtartig ihre Häuser. Nur ein alter Mann, dessen Gesundheitszustand ihm keine schnelle Flucht erlaubte, blieb in seinem Haus zurück. Plötzlich trat ein preußischer Grenadier vor den Alten und sagte: „Wenn Ihr wollt, daß Euer Hof vom Krieg verschont bleibt, dann gebt mir einen Louisdor!"

Der alte Mann wagte nicht zu widersprechen und erfüllte wortlos die Forderung des Soldaten. Der nahm das Goldstück in seine Hand, murmelte irgendeinen seltsamen Spruch, den der Alte aber nicht verstand, und ging dreimal um das Gehöft herum. Dann verschwand er, und der Bauer sah ihn nie wieder. Als jedoch der Krieg über das Dorf hinweggebraust war, stellte sich heraus, daß alle Höfe und Häuser mehr oder weniger beschädigt worden waren. Nur das Haus des Alten, sein Hof und seine Ställe waren völlig unversehrt geblieben.

Natürlich weiß niemand, was aus dem Soldaten geworden ist. Vielleicht hat in den heftigen Kämpfen um die Schanzanlagen der Tod ihn ereilt, und sein Geist ist dort als Spukgestalt zurückgeblieben; zumindestens in einem Fall muß derartiges angenommen werden:
Vom Bau der Schanzanlagen waren stets Balken, Bretter und Späne übriggeblieben, die sich die Einwohner gewöhnlich als Brennholz einsammelten. Eines Tages ging eine Frau aus Peenemünde gemeinsam mit ihrem kleinen Sohn zu der verlassenen und verfallenen Anlage und entdeckte nach kurzer Zeit einen sehr schönen kurzen Balken, den sie mit ihrem Sohn gut hätte nach Hause tragen können. Als sie sich jedoch beide niederbeugten, um das Holzstück aufzuheben, bewegte sich der Balken nicht einen Millimeter. Sie richteten sich auf, um kräftig Luft zu holen und einen zweiten Versuch zu machen. Aber daraus wurde nichts: Vor ihnen stand in voller Uniform und bewaffnet mit Muskete und Seitengewehr ein großer preußischer Grenadier, wie ihn Mutter und Sohn nur aus Abbildungen in Geschichtsbüchern kannten.
Sie erschraken so sehr, daß sie auf der Stelle kehrtmachten und ins Dorf zurückliefen. Lange Zeit hielt ihr Bericht die Peenemünder davon ab, sich von der alten Schanze Holz zu holen.

Hiermit enden die sagenhaften Erzählungen, die aus den Seebädern und Küstenorten im Gedächtnis geblieben und aufgezeichnet worden sind. Wesentlich reichhaltiger sind die Geschichten, deren Handlung im Hinterland der Insel lokalisiert ist.

Die alten Schlösser in Pudagla und Mellenthin, das historische Usedom, der lange Zeit wendische Lieper Winkel und das frühere geistliche Zentrum Benz sind die Handlungsorte im folgenden Teil.

USEDOM
Von dem Pferde-Mahrt, einem Kobold in Menschengestalt

Gründung und Entstehung des späteren städtischen Gemeinwesens liegen in grauer geschichtlicher Dämmerung. Im Jahre 1128 war Usedom schon eine der bedeutenden Städte des Herzogtums Pommern, hatte Wartislaw I. sie doch ausgewählt, um hier seine fürstlichen Untertanen von Bischof Otto von Bamberg zum christlichen Glauben bekehren und taufen zu lassen.
Angeblich soll der Ort um diese Zeit einen anderen Namen gehabt haben, denn abgesehen von den schon erwähnten, auch auf den Bereich der ganzen Insel übertragenen „O-so-dumm"-Legenden sind die historischen Aussagen zwiespältig und höchst unterschiedlich.
Als nach 1128 in der Nähe der Siedlung, deren Name angeblich anders lautete, die Prämonstratensermönche ihr erstes Kloster, Grobe, gründeten, verlegte Bischof Adalbert seinen Sitz in die benachbarte Ansiedlung und nannte sie deshalb „unser Dom", in damaliger Sprachform „use Dom". Da es höchst unwahrscheinlich ist, daß die Ortschaft schon damals über eine dom-artige Kirche verfügte, ist wohl eher anzunehmen, daß hier ganz einfach das gebräuchliche slawische Wort „dom" in Anwendung gebracht wurde, was schlicht und einfach „Haus" bedeutet.
Wahrscheinlicher jedoch ist, daß der Ort schon vorher einen Namen hatte, der dem späteren deutschsprachigen USEDOM sehr ähnlich war und der wendischen Sprache entstammt. Darin waren angeblich die Bezeichnung „Uznam" oder „Uznoim" gebräuchlich, was ebensogut „Mündung" wie „das Bekannte" bedeuten kann. Ein anderer Namensforscher meint, die Stadt könne ursprünglich Orna, dann Ozna und schließlich Uznam = Usedom geheißen haben. Wie dem auch sei: Jahrhundertelang, bis zur

Stadt Usedom, Anklamer Tor und Marienkirche

Gründung Swinemündes, war Usedom die einzige Stadt auf der Insel und sicher auch deren reichster und wohlhabendster Ort. Regiert allerdings wurde die Insel immer von anderen Plätzen aus. Usedom kann jedoch – sicher ungewollt – den Ruhm für sich in Anspruch nehmen, nach dem Verlust von Swinemünde auf dem deutschen Insel-Teil wieder die einzige Stadt zu sein.

Die älteste menschliche Bau-Anlage in der Stadt ist sicher der wendische Burgwall. Auf dessen abgeflachter Kuppe soll und kann früher eines der herzöglichen Schlösser, zumindestens aber eine Kastellanei, gestanden haben. An dieser Stelle jedenfalls fand Otto von Bambergs historischer Taufakt statt. An den erinnernd, ziert seit 1928 ein fünf Meter hohes Granit-Kreuz den Berg.

Natürlich war, wie die Fama zu vermelden weiß, eine Burganlage wie die auf dem Schloßberg durch unterirdische Gänge mit anderen Punkten der Stadt bzw. der Landschaft verbunden. Solche Gänge dienten ja stets und vor allem auch als nötige Fluchtwege bei Belagerungen. Als noch die herzöglichen Vögte auf dem Schloßberg ihr Domizil hatten, sollen solche Gänge sowohl an den Usedomer See als auch in die Mitte der Stadt geführt haben. Beides ist wahrscheinlich. Unwahrscheinlich dagegen ist der Wahrheitsgehalt jener Überlieferung, nach der einer der Gänge in das Schloß zu Mellenthin geführt habe: das dürfte denn doch wohl ein wenig zu weit gewesen sein!

Ansonsten ist aus der Stadt selbst nur eine einzige Geschichte bekannt, die Sagencharakter besitzt.

In Usedom, heißt es, lebte einmal ein Mann, der ein treues und stets arbeitsames Pferd besaß, das er bestens pflegte und das deshalb stets in einem guten gesundheitlichen und körperlichen Zustand war. Plötzlich aber begann es mager und krank zu werden, und auch das beste Futter half ihm nicht wieder auf die Beine. Der Besitzer wußte sich keinen Rat mehr und suchte Hilfe bei einem Nachbarn, der in dem Rufe stand, etwas von Tieren und deren Krankheiten zu verstehen. Der besah sich das Pferd und erklärte, er wolle gern helfen, müsse jedoch die Nacht über Quartier bei dem Bauern nehmen. Das wurde ihm selbstverständlich gewährt.

Um Mitternacht stand er auf, ging zum Stall und verstopfte dort ein Astloch, das er schon vorher in der Stalltür bemerkt hatte.
Dann weckte er den Bauern und forderte ihn auf, mit ihm in den Stall zu kommen. Als sie nun beide gemeinsam eintraten, sahen sie eine Frau rittlings auf dem Pferd sitzen, die zu den guten Bekannten des Bauern gehörte und sich nun verzweifelt bemühte, von dem Pferd herunterzukommen. Sie war, was niemand in der Stadt gewußt hatte, der Pferde-Mahrt, ein Kobold in Menschengestalt, der die Tiere behexte. Inständig bat sie darum, ihr doch um Gottes willen von dem Tier herunterzuhelfen und sie freizulassen. Das taten die beiden Männer allerdings erst, als sie hoch und heilig versprochen hatte, nie wiederzukommen und von ihrem Treiben Abstand zu nehmen.

Dreißig Jahre nachdem Otto von Bamberg auf dem Schloßberg von Usedom die pommerschen Fürsten getauft und das Christentum in diese Region gebracht hatte, legte der Prämonstratenser-Orden 1158 südwestlich von Usedom das Kloster Grobe an und besetzte es mit Mönchen aus Magdeburg. Hundertfünfzig Jahre lang residierten die Mönche in Grobe, bis sie 1307 ihr Domizil in das küstennähere Pudagla verlegten. Davon wird noch die Rede sein.
Als sie jedenfalls ihr Kloster in Grobe errichteten, wurde dasselbe von den pommerschen Herzögen nicht nur mit der höheren Gerichtsbarkeit „an Hand und Hals“ und dem Recht ausgestattet, die Abgaben der Gasthäuser und Märkte sowie die Wege- und Brückenzölle zu vereinnahmen, sondern erhielt neben reichen Landgeschenken auch die Fischereihoheit auf dem Usedomer See, dem Haff und der Peene. Grobe war also ein sehr wohlsituiertes Kloster, seine Insassen jedoch konnten offenbar nie genug bekommen. Von dieser Unersättlichkeit berichtet eine Jahrhunderte alte Geschichte, die Friedrich Rückert auch zu seinem Gedicht „Die Mönche auf Usedom“ veranlaßt hat:

Eines Tages, als in dem Lande Wanzlo – wie dieser Teil der Insel Usedom genannt wurde – wieder einmal große Hungersnot herrschte, die auch vor den Klostermauern nicht haltmachte, schwammen aus dem Haff zwei große Störe herbei und stellten sich den Mönchen zum Fang. Die aber entschieden sich, nur einen von beiden zu fangen, und entließen den zweiten mit dem Geheiß, im folgenden Jahre zurückzukehren und wieder einen Gefährten mitzubringen. So geschah es. Viele Jahre lang fingen die Klosterbrüder nur einen der beiden Störe und ließen den anderen wieder ziehen. So waren sie immer gut versorgt. Endlich aber packte sie die Gier, und sie fingen beide Fische. Seitdem ist nie wieder ein Stör in Usedom aufgetaucht. In Friedrich Rückerts Grobe-Gedicht endet jede Strophe mit dem einzig richtigen Kommentar : „Sie hätten sich sollen begnügen!"

Aus dem früher selbständigen Dorf Mönchow, das heute nur noch ein Ortsteil der Stadt Usedom ist, wird folgende Geschichte berichtet: In jenen Zeiten, als auf der anderen Seite der Peene noch Torf gestochen wurde, sah der Mönchower Fährmeister einen Mann in der Nähe des Torfgrabens stehen, der immerzu winkte. Also schickte der Fährmeister seinen Knecht mit dem Boot auf die gegenüberliegende Seite des Flusses, um den Fremden auf die Insel zu holen. Sicherheitshalber ruderte er näher an das Wiesenstück heran, um nichts und niemanden zu übersehen. Als er fast am Ufer war, erhielt sein Boot einen so heftigen Stoß, daß er fast über Bord gefallen wäre. Gleichzeitig ertönte ein gräßliches Gelächter und ein unsichtbares Wesen klatschte in die Hände. Nun wußte der Fährknecht, daß Marn Witt ihm einen Streich gespielt hatte, jener Kobold, der seit langem in den Anklamer Wiesen sein Unwesen trieb und die Torfstecher schon genau so oft genarrt hatte wie die Fischer und Bauern. Eilig und ohne sich umzusehen, ruderte der Knecht nach Mönchow zurück.

Aalfang bei Pudagla

DER LIEPER WINKEL
Vom Jungfernberg, von den Sitten und Gebräuchen des Strohniederlegens nach Beerdigungen und den furchtlosen Warthern

Nach historischen Überlieferungen soll der Lieper Winkel derjenige Teil der Insel Usedom sein, dessen wendische Urbevölkerung am längsten der Christianisierung widerstand und dem ursprünglichen Glauben anhing. Umso erstaunlicher ist es, daß dieser Umstand so gut wie gar keinen Niederschlag in der Sagenwelt jenes Insel-Teils gefunden hat. Lediglich in einer einzigen Geschichte läßt sich ein Bezug zur „Widerspenstigkeit" der dortigen Bevölkerung herstellen. Auch sie enthält im Grunde nichts weiter als die außerordentliche knappe Mitteilung über die Namensgebung eines Hügels am Rande des Dorfes Rankwitz. Dieser Hügel wird im Volksmund der Jungfernberg genannt und verdankt seine Bezeichnung einem Vorkommnis, das sich möglicherweise in der frühen Zeit des Christentums auf dieser Insel ereignet hat. Danach sollen sich mehrere junge Mädchen aus Rankwitz geweigert haben, am Sonntag mit in die Kirche zu gehen. Statt dessen zogen sie gemeinsam auf den vor dem Dorf gelegenen Hügel, auf dessen flacher Kuppe sie sich wilden Tänzen hingaben. Plötzlich aber tat sich die Erde auf und verschlang die lustigen Mädchen.

Nach volkskundlichen Überlieferungen und Mitteilungen soll es im östlichen Hinterpommern üblich gewesen sein, nach Beerdigungen auf halbem Wege zwischen Friedhof und Dorf oder an der Grenze der Ortschaft ein Bund Stroh niederzulegen. Es sollte dem Toten zum Ausruhen dienen, falls er aus dem Grab in sein Haus zurückkehren wollte. Das Wissen um diesen Brauch muß bis nach Warthe am Ufer des Achterwassers vorgedrungen sein, denn von dort wird folgendes berichtet: Als in Warthe ein Mann gestorben und sein Leichnam auf dem Friedhof zu Liepe ordentlich beigesetzt worden war, wurde nach der Rückkehr des Leichenzuges an der Dorfgrenze ein Bund Stroh niedergelegt. Es sollte verhin-

Kugeleiche im Lieper Winkel

dern, daß der Tote zurückkehrte und als nächtliche Spukgestalt durch das Dorf geisterte. Nun lebte aber in Warthe ein Mann, der weder an Spuk noch Geister glaubte und auch das Strohabwerfen für baren Unsinn hielt. Ausgerechnet zur Geisterstunde ging er hinaus bis zur Dorfgrenze, hob das Strohbund auf, lud es sich auf die Schultern und trug es nach Hause. Er tat dies trotz des merkwürdigen Gefühls, ihm säße jemand im Nakken. Als er sich, seltsam erschöpft, zur Ruhe begab, konnte er lange Zeit nicht einschlafen, weil ein Geräusch ihn wachhielt: Es war, als stünde jemand vor seinem Hause und machte sich einen Spaß daraus, ständig schwere eiserne Ketten auf den Erdboden fallen zu lassen. Der Mann aber beschloß, solchen Teufels-Spuk einfach nicht zur Kenntnis zu nehmen. Also blieb er in seinem Bett liegen und schlief den Schlaf des Gerechten.

In Warthe müssen überhaupt Leute gelebt haben, die mit allem Unwirklichen furchtlos und treuherzig umgehen konnten. Wie wäre es sonst zu erklären, daß ein Kleinbauer sich ausgerechnet am Johannistage und noch dazu nach Sonnenuntergang auf den Weg nach Liepe machte? Jedermann wußte doch, daß es um diese Zeit nirgends geheuer war und am allerwenigsten im Lieper Winkel!
Der Büdner hatte denn auch kaum die Hälfte des Weges zurückgelegt, als auf den Kartoffelschlägen rechts der Straße ein großer Hund auftauchte, der immer näher kam. Statt jedoch wegzulaufen, wie es jeder andere ohne Frage getan hätte, blieb der Mann aus Warthe am Wegrand stehen und nahm sich vor, der Sache auf den Grund zu gehen. Tatsächlich blieb nun auch der Hund stehen und nur, wenn der Mann einen Schritt vorwärts tat, kam auch das seltsame Tier ein Stück näher. Dabei, und das bemerkte der Bauer wohl, wurde das Wesen bei jedem Schritt größer. Aber selbst das schreckte den Warther nicht, und mutig ging er auf den Hund zu. Als beide endlich dicht voreinander standen, hatte der Hund die Größe eines ausgewachsenen Ochsen angenommen. Nun sträubten sich selbst dem tapferen Mann aus dem Lieper Winkel die Haare. „Herr Gott, steh mir bei!" rief er aus, wich aber nicht von der Stelle. Kaum jedoch hatte er

Letztes Windrad im Thurbruch

diesen Ausruf getan, als das Untier anfing, kleiner zu werden. So rasch, wie es gewachsen war, schrumpfte es nun zusammen, und nach wenigen Augenblicken war es ganz und gar verschwunden.

Abgesehen von der Mär, daß ein wohlhabender Bauer in Liepe sein gutes Auskommen einem Kobold zu verdanken habe, der in Gestalt eines Hahnes im Scheunengebälk hockte und den Knechten Körner in die Augen warf, gibt es keine wundersamen Nachrichten aus dieser Gegend. Reicher gesegnet mit Nachrichten über Riesen, Hexen und Teufel ist ein kleines Dorf in der Mitte der Insel Usedom, dessen landschaftlich vielgestaltige und reizvolle Umgebung bei manchen hier lokalisierten sagenhaften Geschichten und märchenartigen Erzählungen offenkundig eine entscheidende Rolle gespielt hat.

MORGENITZ
Von Riesen, Hexen und einem Bratheringsberg

Der Ort ist von Hügeln und Wäldern umgeben. Einer dieser Hügel wird Neunzehn- oder Neunkirchenberg genannt nach den Kirchtürmen, die man von seiner Höhe aus sehen kann. Da man jedoch nirgends auf Usedom von einem Hügel aus neunzehn Kirchen erkennen kann, scheint die Bezeichnung Neunkirchenberg der Realität wesentlich näher zu kommen. In jener Sage nämlich, die den Ausdruck Neunkirchenberg verwendet, werden die von hier aus sichtbaren Gotteshäuser auch exakt aufgeführt. Es handelt sich danach um zwei Kirchen von Anklam und je eine von Wolgast und Lassan sowie um die näher gelegenen Inselkirchen von Mellenthin, Benz, Liepe, Netzelkow und Morgenitz selbst. Wie dem auch sei: Ein Stein auf diesem Hügel führte die Bezeichnungen Hünenstein oder Teufelstein. Die unterschiedlichen Benennungen sind von den Sagen abhängig, die über den Findling erzählt werden.

Danach soll ein Riese, der in dieser Gegend ansässig war, den damals noch weichen Brocken aufgehoben und in Richtung Mellenthin geworfen ha-

Kamminke am Oderhaff

ben. Im dortigen Schloß nämlich hauste eine Räuberbande, mit der sich der Hüne im Streit befand. Jedoch verfehlte der Riese sein Ziel. Sein Wurfgeschoß ging nieder, bevor es das anvisierte Schloß erreichte, und landete auf dem Berg bei Morgenitz. Es wird aber auch erzählt, daß der Hüne auf dem jenseitigen Ufer der Peene oder gar in Ückermünde hauste, und der Stein von dort aus in diese Gegend geschleudert wurde.

Schon nachdem zum Leidwesen des Teufels die Christianisierung in diesem Gebiet abgeschlossen war und die Bewohner sich bereits die oben genannten Gotteshäuser errichtet hatten, beschloß der Satan, die neuen Kirchen zu vernichten. Zu diesem Zweck hob er einen gewaltigen Stein auf, um damit sein Zerstörungswerk zu beginnen. Jedoch entglitt der Brocken seiner Hand und fiel auf dem Hügel bei Morgenitz nieder. Dort liegt er noch heute und weist den Abdruck einer ungeschlachtenen Hand auf. Auch das Teufelszeichen der Schlange ist auf dem Stein zu erkennen, ebenso wie der Fußabdruck des Höllenhundes, der den Teufel begleitete. Wer eifrig nach dem Stein sucht, wird ihn schon finden und die Zeichen darauf zu deuten wissen.

Kaum vier Kilometer von Morgenitz entfernt liegt an einer Ausbuchtung des Achterwassers, die Nepperminer See genannt wird und heute ein Segler- und Wassersportzentrum darstellt, das Dorf Neppermin. In dessen Nähe, heute kaum noch zu erkennen, befand sich zu Beginn unseres Jahrhunderts eine mit Holunderbüschen und dornigem Gesträuch bestandene knapp zwei Meter hohe Erhebung, die Bratheringsberg genannt wurde und unter der sich angeblich ein Hünengrab befinden sollte. Wenn sich dies auch schon sehr frühzeitig bei entsprechenden archäologischen Untersuchungen als ein Trugschluß erwies, so haben doch die wissenschaftlichen Erkenntnisse den sagenhaften Erzählungen um dieses Erdstück nichts anhaben können:

In fernen Zeiten hauste auf dem Schlosse zu Mellenthin ein böser Ritter, der merkwürdigerweise Brathering genannt wurde. In seiner Gier nach

Sonnenuntergang am Streckelsberg

Land und Untertanen schwor er, wohl wissend, daß er einen Meineid leistete, die Grenze seiner Besitzungen befinde sich genau an der Stelle, von welcher hier die Rede ist. Alle Leute wußten, daß dies gelogen war. Als schließlich der Tod den räuberischen Ritter ereilt hatte, wurde er zur Strafe genau an jenem Ort begraben und ein Hügel über seiner Grabstätte angehäuft, der von nun an Bratheringsberg hieß.
Möglicherweise um solche Schande von den Mellenthiner Schloßbewohnern abzuwälzen, behauptete ein späterer Eigentümer, daß es sich bei dem angeblichen Grabhügel gar nicht um solchen handele, sondern vielmehr um die Richtstätte des Schloßbezirkes. Hier sei, so erklärte der Schloßherr, nicht ein Ritter begraben, sondern der Räuberhauptmann Brathering am Galgen aufgehängt worden. Egal was wahr ist: In jedem Falle galt die Erhebung als Todesstätte.

Dem Tode gefährlich nahe war auch ein Säugling, als er in die Hände von Hexen fiel, die in diesen Dörfern ihr Unwesen trieben. Vor langer Zeit nämlich lebten in Neppermin zwei Bauern, denen manches gut gelang und die im Laufe der Jahre zu Wohlstand gekommen waren. Jedoch krankte einer von ihnen an einem merkwürdigen, unerklärlichen Hüftleiden, das ihm große Schmerzen verursachte und gegen das alle ärztliche Kunst nichts vermochte. Seit Jahren litt er solche Schmerzen, daß er nicht aufstehen und nur noch das Bett hüten konnte. Zwar kam auch seinem Nachbarn dies außerordentlich merkwürdig vor, da aber niemand eine Erklärung wußte und keiner helfen konnte, ließ er es endlich bei seiner Verwunderung bewenden. Lediglich die Knechte der beiden Bauern, zwei junge, aufgeweckte Burschen, hegten den Verdacht, daß die Frauen ihrer Herren in Wahrheit Hexen sein und das Unheil angerichtet haben könnten. Als nun der 30. April und mit ihm die Walpurgisnacht herannahte, in welcher sich die Hexen bekanntlich auf dem Blocksberg und anderswo treffen, um neue Schandtaten auszuhecken, beschlossen die Knechte, ihre Bäuerinnen im Auge zu behalten. Die Burschen versteckten sich abends in dem großen Ofen des Wohnzimmers, das direkt neben der Schlafkammer des kranken Bauern lag. Kaum war die Geister-

stunde herangekommen, da schlichen sechs Hexen herein, darunter auch die beiden Bäuerinnen. Sie setzten sich um den runden Eichentisch und begannen zu wispern und zu tuscheln, so daß die im Ofen versteckten Knechte sich ordentlich anstrengen mußten, um genau zu hören, was dort besprochen wurde. Sie verhielten sich mucksmäuschenstill, und so gelang es ihnen zu verstehen, als die eine Bauersfrau zischelte: „Ich habe heute solchen Hunger, daß ich nicht weiß, wie ich satt werden soll".
„Warte nur", erwiderte die anderc, „unsere Nachbarin hat gerade ein Kind bekommen – das wollen wir holen und schlachten!"
Sofort zauberte eine dritte Hexe, die wie eine riesige Katze aussah, das Neugeborene herbei und legte es auf den Tisch. Nun stellten sie aber fest, daß sie kein Messer hatten, mit dem sie die Bluttat ausführen konnten. Da hörten die Knechte, wie die eine ihrer Bäuerinnen verkündete: „Da weiß ich Rat. Schon vor drei Jahren hab ich meinem Mann ein Messer in die Keule gehext, seitdem liegt er darnieder. Nur in der Walpurgisnacht kann ich es herausholen – wenn er das merkte, könnte er aufstehen und herumspringen."
Sofort zauberte sie das Messer herbei und setzte es tatsächlich dem Säugling auf die Brust. In diesem Augenblick schrie einer der Knechte im Ofen „Herr Jesus, steh uns bei!", und sofort stoben die Hexen auseinander, als hätte der Sturmwind sie fortgeweht. Eilig krochen die Knechte aus dem Ofen und weckten nebenan den kranken Bauern. Natürlich wollte der die ganze Geschichte nicht glauben, aber als er auf den dringenden Rat der Knechte hin versuchte, sich von seinem Lager zu erheben, gelang ihm das ohne alle Schmerzen. Mit den Knechten zusammen stürmte er in die Wohnstube und fand tatsächlich das Kind der Nachbarin auf dem Tisch liegen und daneben das Messer, das ihm die eigene Frau in die Hüfte gehext hatte.
Noch in der Nacht eilte der Bauer zum Gerichtsherren nach Mellenthin und zeigte seine Frau und die seines Nachbarn an. Die beiden wurden verhaftet und in strenges Verhör genommen. So kam heraus, wer auf der Insel zum Kreis der Hexen gehörte. Kaum daß der Tag graute, wurden sie ergriffen und wenig später öffentlich verbrannt.

BENZ
Von einem unterirdischen Gang und Mahnmal auf dem Fuchsberg

Hexen und Riesen sind es auch, die der Sage nach die Gegend und die Dörfer um das alte Kirchspiel Benz unsicher gemacht und die stoffliche Grundlage für manche Erzählung geliefert haben. Dabei waren es oft durchaus natürliche Erscheinungen, die zu derartigen Sagen umgeformt wurden.

So galten zum Beispiel die aus der Frühgeschichte und der Steinzeit stammenden Granitblöcke, in deren Mitte muldenförmige Vertiefungen auf ihre Benutzung als Mahlsteine unserer Vorfahren hinwiesen, als Zeugnisse von Fuß- und besonders Hacken-Abtritten hier lebender Riesen. Da besonders auf den Ackerflächen um Benz herum viele solcher Steine gefunden wurden, war diese Gegend ein sozusagen „riesen-verdächtiges" Gebiet.

Ähnlich verhält es sich mit den Irrwegen in der Gegend zwischen Benz und Stoben, auf denen kein Wanderer an sein ursprüngliches Ziel kommt, besonders dann nicht, wenn er nach Sonnenuntergang auf solchen Weg gerät. Das mag daran liegen, daß die als Irrwege bezeichneten Strecken schlicht und einfach Zufahrten zu Feldern, Weiden und Waldstücken sind und eben auf und an diesen enden. Wer sie also für reguläre Verbindungen zwischen zwei menschlichen Ansiedlungen hält, geht – auch heute noch – von vornherein in die Irre. Hexen und Riesen haben da weit weniger ihre Hände im Spiel als bei jenem zwischen Benz und Pudagla im Feldbereich von Stoben gelegenen Areal, das Fuchs- oder Voßberg genannt wird. Noch heute weist in Stoben ein pfeilförmiges Holzschild den Weg zu dieser einstigen Richtstätte des Amtes Pudagla. Vor über zweihundert Jahren wurde, was diese Stelle angeht, folgende Eintragung in das Benzer Kirchenbuch vorgenommen: „Im Jahre 1783 den 5. May wurde Catharine Elisabeth Scheelen aus Pudagla wegen Kindesmordes mit dem Schwerte hingerichtet und auf der Gerichtstelle eingegraben."

An diesem schaurigen Ort errichtete man einen Steinhaufen, aus dessen Mitte ein Pfahl hervorragte – ein Kreuz konnte man einer Mörderin ja schließlich nicht setzen. Dieses Monument des Todes stand angeblich über hundert Jahre unberührt auf dem Fuchsberg, bis ein Stobener Kleinbauer namens Appelmann durch die sogenannte Separation in den Besitz dieser Parzelle kam. Es ist zwar nirgends erwähnt, ob oder daß dieser Büdner ein Nachfahr jenes Amtshauptmanns war, der die „Bernsteinhexe“ Maria Schweidler auf den Scheiterhaufen bringen wollte, aber große Achtung vor Leben und Tod eines anderen Menschen muß auch dieser spätere Appelmann nicht gehabt haben: Ihn störte das Mahnmal auf dem Fuchsberg bei der Bewirtschaftung seiner Ackerflächen, also riß der den Pfahl heraus und versetzte die Erinnerungsstätte kurzerhand an eine andere Stelle. Solche Nichtachtung sollte ihm jedoch nicht gut bekommen: Von Stund an spukte ohne Unterlaß durch seine Gedanken und Träume die kopflose Gestalt eines jungen Mädchens. Der Bauer wurde gemütskrank und verlor sogar die Sprache. Jedoch scheint er genau gewußt zu haben, woher seine Leiden rührten, denn er brachte den Pfahl an die alte Stelle zurück und ließ das Mal von nun an ungeschoren. Augenblicklich verschwand die Erscheinung, die ihn bis dahin gemartert hatte, und flugs stellte sich auch seine Sprache wieder ein.
Angeblich hat es von hier aus auch einen bis nach Ückermünde führenden unterirdischen Gang gegeben, dessen Eingang durch ein zweiflügeliges Eisenportal verschlossen wurde. Als im vergangenen Jahrhundert die ersten neugierigen Badegäste aus den Küstenorten der Insel Usedom nach Stoben kamen und den Gang besichtigen wollten, war es nicht möglich, in den stockfinsteren Stollen zu gelangen: Sobald man ihn betrat, erlosch jedes Licht. Schließlich wurden alle weiteren Versuche aufgegeben, und der Gang geriet in Vergessenheit.

ULRICHSHORST
Die Geschichten vom Teufelsbuch und von einem unheimlichen Erlebnis

Seltsame Vorkommnisse, die in die Sagen- und Geschichtenwelt der Insel Usedom Eingang gefunden haben, sind auch aus Ulrichshorst aufgezeichnet worden. Ulrichshorst liegt an der rechten Seite der von Ahlbeck nach Usedom führenden Fernverkehrsstraße B 110 zwischen Korswandt und Zirchow und ist von der Anlage her ein sogenanntes Straßendorf. Das heißt: Seine Häuser liegen fast ausnahmslos links und rechts einer einzigen Straße, die von der B 110 in westlicher Richtung abzweigend quer durch das Thurbruch nach Reetzow führt. Die Bebauung beider Straßenseiten ist jüngeren Datums, früher waren alle Häuser der Ortschaft nur auf der rechten Seite angelegt, weshalb man von den Ulrichshorstern sagte, sie hätten den Kartoffelkuchen nur auf einer Seite gebacken. Abgesehen von der schon erwähnten Wilden Jagd, die natürlich auch bei Ulrichshorst ihr Unwesen trieb, haben die Spuk- und Geistergeschichten aus diesem Dorf ganz unterschiedliche Inhalte. Einmalig im Sagenkranz der Insel Usedom ist zum Beispiel die Geschichte von dem sogenannten Teufelsbuch.

Als in Ulrichshorst eine altersschwache Scheune niedergerissen wurde, entdeckten zwei der Abbrucharbeiter in den Trümmern ein großes altes Buch. Da sie aber des Lesens und Schreibens unkundig waren, übergaben sie den Fund ihrem Aufseher. Der wiederum versprach den beiden, ihnen aus dem Buch vorzulesen, und lud sie deshalb abends zu sich ein. Als die Arbeiter dann nach Feierabend zu ihm gekommen waren, setzte er sich an den Tisch, schlug das Buch auf und begann daraus vorzulesen. Nirgends ist überliefert, welchen Inhalt das Buch hatte, berichtet wird nur folgender schrecklicher Vorgang:
Kaum hatte der Aufseher zu lesen begonnen, als man die Haustür gehen und jemanden eintreten hörte. Dann war es wieder still. Sobald jedoch der Aufseher weiterlas, waren auf dem langen Korridor Schritte zu hören, die immer näher kamen. Nur wenn der Aufseher seine Lektüre un-

terbrach, verstummten auch die Schritte. Merkwürdigerweise kam niemand auf die Idee, im Flur nachzusehen, wer denn da eigentlich ins Haus gekommen war. Vielmehr fuhr der Aufseher unbekümmert fort, aus dem Buch vorzulesen. Plötzlich aber sprang die Tür auf, der Satan stürmte herein, stürzte sich auf den Vorleser und zerquetschte ihn auf so fürchterliche Weise, daß Gehirn und Blut an Wände und Decke spritzten. Als die beiden Arbeiter, die wie gelähmt auf ihren Stühlen hockten, wieder zur Besinnung kamen, waren der Teufel, der Aufseher und das Buch verschwunden.

Manche Leute aus Ulrichshorst arbeiteten in Swinemünde oder den benachbarten Orten und mußten sich morgens früh auf den Weg machen, um rechtzeitig an Ort und Stelle zu sein. Einem von ihnen ist, als er sich bei Sonnenaufgang auf die Wanderung begab, etwas Seltsames widerfahren: Kaum hatte er ein paar hundert Meter in Richtung Ahlbeck zurückgelegt, als ihm zu dieser ungewöhnlichen Stunde ein Leichenzug entgegenkam. Verwundert blieb der Mann am Rande der Chaussee stehen und mußte mit noch größerer Verwunderung erkennen, daß es sein eigener Leichenzug war, der da stumm an ihm vorüberzog. Er selbst lag in dem offenen Sarg, und seine Familienangehörigen gingen gesenkten Hauptes hinterher, zuerst seine Brüder, dann seine Vettern, endlich seine Schwäger, denen die Schar der Frauen folgte. Als der Zug an ihm vorüber war, verschwand das Trugbild, und die Straße lag menschenleer vor ihm. Der Mann brauchte eine Weile, um sich von seinem Schreck zu erholen, und kam deshalb mit einiger Verspätung auf seiner Arbeitsstelle an. Das war ihm noch nie passiert, und natürlich erzählte er, um seine Unpünktlichkeit zu erklären, ausführlich von seinem unheimlichen Erlebnis und schilderte den Trauerzug in allen Einzelheiten. So recht konnte und wollte ihm das niemand glauben. Jedoch wurden die Leute eines Besseren (oder Schlechteren!) belehrt, als der Mann eine Woche später einem Schlaganfall erlag und bei seinem Begräbnis der Leichenzug sich ganz genau so ordnete, wie der Verstorbene ihn seinen Kollegen beschrieben hatte.

DER GNITZ
Von wandelnden Lichtern und dem Adelsgeschlecht der Lepel

Von Zinnowitz aus gelangt man in südlicher Richtung auf eine Halbinsel, die weit ins Achterwasser hineinragt, zu den frühen Siedlungsgebieten der Insel Usedom gehört und von der einheimischen Bevölkerung „Der Gnitz“ genannt wird.

Lange bevor sich das Adelsgeschlecht der Lepels hier ansiedelte und die Halbinsel jahrhundertelang beherrschte, war sie offenbar eine heilige Stätte für die wendische Urbevölkerung. Diese Vermutung erfuhr eine sozusagen sachliche Bestätigung, als 1830 auf der Ostseite der Halbinsel ein Opferstein gefunden wurde. Seither werden, mehr oder minder erfolgreich, von der Mitte des vergangenen Jahrhunderts an bis in die Gegenwart immer wieder archäologische Grabungen und Untersuchungen auf dem Gnitz vorgenommen, die vor- und frühgeschichtliche Ansiedlungen bestätigen.

Auf dem Gnitz soll sich seit Urzeiten folgendes zugetragen haben: Jedes Jahr am späten Abend des Dreikönigsfestes, also am 6. Januar, sind, wie es in der ursprünglichen Überlieferung heißt, „auf die Nacht drei Lichter, wie ein blasses Feuer brennend, aus dem salzigen Meere und dem frischen Haff von drei Orten hergekommen, haben lange in der Luft geschwebt und sind schließlich bei einem Dornbusche neben dem Dorfe Neuendorf zusammengekommen. Daselbst haben sie gehüpft und getanzt, als freuten sie sich überaus sehr, und sind zuletzt in den Dornbusch gegangen und daselbst verschwunden. Was es ist, mag unser Herrgott wissen, aber es ist seltsam, daß die Lichter nur an dem einen Abend und sonst zu keiner anderen Zeit erschienen sind. Man meint aber, daß die Erscheinung aufgehört hat, seitdem das heilige Evangelium ins Land gekommen ist . . .“

An dieser Stelle muß angemerkt werden, daß der pommersche Chronist Thomas Kanzow, von dem diese Aussage stammt, mit der letzten Zeitangabe nicht etwa die Christianisierung von 1128 meint, sondern die Reformation.

Für diese „wandernden Lichter“ soll es eine ganz einfache Erklärung gegeben haben: Die Bauern vom Gnitz leuchteten mit Kerzen den heiligen drei Königen! Der den Wissenschaften und Künsten sehr verbundene Wolgaster Herzog Philipp I., der 1531 auch Thomas Kantzow als Geheimschreiber in Dienst genommen hatte, verbot diese nächtlichen Lichter-Demonstrationen. Seither muß die Sage sich mit den drei schwebenden Lichtern begnügen und auf natürliche Erklärungen verzichten!

Das Adelsgeschlecht der Lepel, das jahrhundertelang auf dem Gnitz ansässig war, soll aus einer österreichischen Handwerkerfamilie hervorgegangen sein. Zu jener Zeit, als die Wenden noch unangefochten ihr pommersches Heimatland beherrschten, lebte in Wien ein Zimmermann, der Joachim Lepel hieß und seines Fleißes und seiner Geschicklichkeit wegen selbst beim Kaiser in bestem Rufe stand. Als er beim Aufhängen einer Glocke durch die Ungeschicklichkeit seiner Gehilfen ums Leben kam, hinterließ er eine Witwe und neun Söhne. Darauf nahm sich der Kaiser selbst dieser Familie an, beschäftigte alle Söhne in seinem Dienst und schenkte der Familie darüberhinaus den erblichen Adel und ein dazugehöriges Wappen, in dem eine Jungfrau eine Krone aus neun halben Löffeln trägt.
Bereits 1147 fand der erste sogenannte Wendenkreuzzug statt, dem später weitere folgten. Im dreizehnten Jahrhundert schloß sich solch einem Feldzug auch ein junger Ritter aus dem Geschlecht derer von Lepel an. In einem offensichtlich sehr verlustreichen Gefecht, das an der Peene zwischen Rubkow und Lassan stattfand, wurde er schwer verwundet. Niemand dachte daran, sich um ihn zu kümmern. Also blieb er, dem Tode nahe, auf dem Schlachtfeld zurück. In diesem Zustand fand ihn ein wendischer Krieger und brachte den Schwerverletzten eilig auf eine nahegelegene Burg. Dort nahm sich ein einheimisches Edelfräulein seiner Wunden an und pflegte den feindlichen Ritter gesund. In dieser Zeit muß sich die gegenseitige Zuneigung der beiden entwickelt haben, denn kaum war der Ritter genesen, als sich seine Pflegerin auch schon im christlichen Glauben unterweisen und anschließend taufen ließ. Nun stand ei-

ner raschen Heirat nichts mehr im Wege. Nach der Hochzeit zog das junge Paar auf den Gnitz und begründete dort das hiesige Lepel'sche Geschlecht.

Nachdem bisher einige im historischen Sinne „kleine" Ursprungsorte für Sagen auf der Insel Usedom benannt wurden, bleiben zwei Orte übrig, deren Sagenschatz zwar nicht größer ist als der anderer Insel-Teile, deren Bedeutung aber weit über die bisher erwähnten Dörfer und Städte hinausging: Mellenthin und Pudagla. In diesen beiden Orten war jahrhundertelang die wirkliche territoriale und geistliche Macht über die Insel Usedom stationiert. Von hier aus regierten einheimische Feudalherren und pommersche Herzöge, Äbte und Mönche, schwedische und preußische Gouverneure und Amtsleute mit mehr oder minder harter Hand das Eiland in der Ostsee. Mellenthin und Pudagla sind Säulen der Historie!

MELLENTHIN
Von der Herkunft der Mellenthiner Kirchenglocke, von einer unheimlichen Hand in der Mellenthiner Kirche und von der Liebe zwischen dem Schloßherrn von Mellenthin und einer Nonne aus Pudagla

Mellenthin war mit dem Kloster Pudagla durch einen unterirdischen Gang verbunden, den die Mönche benutzt haben sollen, um ungesehen und ungestört ihren Liebesabenteuern nachgehen zu können. Nach der Auflösung des Pudaglaer Klosters wurde er endgültig verschlossen, Ein- und Ausgänge wurden zugeschüttet, so daß heute nichts mehr an seine Existenz erinnert.

Über die Herkunft der Mellenthiner Kirchenglocke wird folgendes berichtet: An dem Waldweg, der von Mellenthin nach Dargen führt, lag früher ein See, der schon seit langer Zeit verschwunden ist. Auf seinem Grunde standen zwei Glocken, die nur einmal im Jahr, nämlich am Johannistag, auftauchten, um sich am Ufer des Gewässers zu sonnen. An einem dieser seltenen Tage spielten zwei kleine Mädchen mit ihren Puppen auf der nahegelegenen Wiese. Sie scheinen sich nicht darüber gewundert zu haben, daß am Ufer des Sees plötzlich zwei Glocken standen. Vielmehr wuschen sie die Kleider ihrer Puppen und hängten sie zum Trocknen auf die Glocken. Um zwölf Uhr mittags flüsterte die eine der Glocken der anderen in plattdeutscher Sprache zu:

„Hanna, Susanna,
ick goah nu tau Grund –
wenn du mitwißt,
denn kumm!"

Da aber die zweite Glocke durch das aufgelcgte Puppenzeug gebannt war, konnte sie ihrer Gefährtin nicht folgen und blieb am Ufer zurück – was für einen Fang hatten die Mädchen da gemacht! Während das eine von ihnen zurückblieb und die Glocke bewachte, rannte das andere nach Stolpe und holte die Leute aus dem Dorf herbei.
Die kamen denn auch mit Ochsen, Pferden und Wagen, um die Glocke zu bergen. Zwar gelang es ihnen mit großer Anstrengung, die Glocke auf den Wagen zu heben, aber so sehr dessen Zugtiere sich auch anstrengten – sie waren nicht in der Lage, den Wagen von der Stelle zu bewegen. Erst als jemand vorschlug, die Glocke in das nahegelegene Mellenthin zu bringen, war der Bann gebrochen, und zwei Pferde genügten zum Transport. So gelangte die Glocke, die undenkliche Zeiten auf dem Grunde des längst verlandeten Waldsees geruht hatte, in den Kirchturm von Mellenthin.

Die Mellenthiner Kirche scheint – wenigstens der Sage nach – ohnehin ein Aufbewahrungsort für recht außergewöhnliche Dinge gewesen zu sein. Gerade in dem Jahr, als ihr Bau vollendet war, stellten die Einwohner einen schweren Eichenkasten hinter den Altar, in dem sich eine abgeschlagene Hand befand: Nun endlich war die Gemeinde ein Übel los, mit dem sie sich jahrelang geplagt hatte: Vor Zeiten nämlich lebte in

Mellenthin eine Frau, von der jedermann wußte, daß sie ständig ihre Mutter schlug. Als beide gestorben waren, wuchs aus dem Grab der Tochter deren Hand. So oft die Bauern, denen die Erscheinung auf ihrem Friedhof selbstverständlich unheimlich war, die Hand auch abschlugen: sie wuchs immer wieder nach. Schließlich kamen sie auf die Idee, die Hand nicht mehr wegzuwerfen oder irgendwo einzuscharren, sondern sie in einen Kasten zu legen und hinter dem Altar ihrer Kirche zu deponieren. Dieser Entschluß bewahrte sie fortan vor neuem Übel.

Schon Mitte des vierzehnten Jahrhunderts residierten auf dem Schloß Mellenthin die Herren von Neuenkirchen. Einer von ihnen, dessen Abbild auch in der Mellenthiner Kirche zu betrachten ist, trug zeit seines Lebens eine goldene Halskette. Von ihm wird berichtet, daß er sich in eine Nonne aus dem nahen Kloster Pudagla verliebt hatte. Nun war Pudagla zwar ein Mönchskloster, aber die Sage geht großzügig darüber hinweg. Jedenfalls soll dieser Ritter den sagenhaften unterirdischen Gang nach Pudagla gegraben haben, um seine Geliebte entführen zu können. Als ihm dies gelungen und er schon mit ihr verheiratet war, zog der Bruder der Nonne mit zahlreichen Bewaffneten vor das Mellenthiner Schloß, um seine Schwester wieder nach Pudagla zurückzuführen. Jedoch verwehrte der Herzog von Stettin ihm dieses Ansinnen und veranlaßte ihn, die Belagerung abzubrechen und das junge Paar in Frieden zu lassen.

Nach anderer Lesart soll einer der Neuenkirchner wegen eines von ihm begangenen Verbrechens vom herzoglichen Gericht in Stettin dazu verurteilt worden sein, sein Leben lang ein eisernes Halsband zu tragen. Erst nach Jahren, heißt es, habe der Herzog ihm erlaubt, statt des Eisenrings eine goldene Kette anzulegen.

Sowohl die Sage vom unterirdischen Gang als auch die Erzählungen von der goldenen Kette weisen auf die intensiven Beziehungen zwischen Mellenthin und dem geistlichen und administrativen Zentrum der Insel Usedom, dem schon mehrfach erwähnten Pudagla hin.

PUDAGLA
Vom Kloster Pudagla, von goldenen Rosen und von unterirdischen Zwergen

Der Besitz und die daraus hervorgegangene Macht des Klosters Pudagla reichte weit über die Insel Usedom hinaus. Erst als sich nach der zunehmenden Einwanderung deutscher Mönche auch die Zahl der Klöster in Pommern mehrte, gab Pudagla seine Besitzungen, die sich über Anklam und Stettin hinaus bis in das östliche Pommern nach Belgard und Kolberg erstreckten, auf und konzentrierte seine Herrschaft im wesentlichen auf den Ostteil der Insel Usedom, deren westliche Hälfte hauptsächlich von dem in Krummin gelegenen Nonnenkloster beherrscht wurde. Diese relativ klaren Machtverhältnisse und Besitzstrukturen machten es den pommerschen Herzögen möglich, die Insel nach der Reformation in zwei sogenannte Ämter einzuteilen und sich den Klosterbesitz als nunmehr herzogliches Eigentum zu sichern. Neben dem Amtsbezirk Wolgast entstand auf diese Weise das Amt Pudagla, verwaltet und beherrscht von einem Amtshauptmann. Nach 1721, als das Herzogsgeschlecht schon fast hundert Jahre ausgestorben und die Insel im Verlaufe des Dreißigjährigen Krieges zuerst an Schweden und dann an Preußen gefallen war, beherrschte die Staatsdomäne Pudagla noch lange Zeit das wirtschaftliche Geschehen auf der Insel. Aus der vor-schwedischen Zeit ist an der Frontseite des Pudaglaer Schlosses nur ein steinernes Relief übriggeblieben, das an die Bedeutung und Verdienste des Herzoghauses erinnert. Dabei befand sich das Kloster zu seinen besten Zeiten im Besitz von Kostbarkeiten, die nicht nur Auskunft über die Beziehungen der Herzöge zu Pudagla hätten geben können, sondern auch den Stellenwert markierten, den das Kloster für den Heiligen Stuhl hatte. Von diesen Kleinodien ist jedoch nichts der Nachwelt überliefert worden, und nur die Sage weiß Auskunft darüber zu geben, warum schon der mächtige Abt Heinrich jene Wertgegenstände vernichten ließ:

Auch für die pommerschen Fürsten war es eine Selbstverständlichkeit, das heilige Land zu besuchen. Als Herzog Wartislaw VIII. dieser Pflicht

Genüge getan hatte, verweilte er auf der Rückreise geraume Zeit in Rom, um der Gnade des Stellvertreters Gottes auf Erden teilhaftig zu werden. Auf dem Stuhle Petri saß zu jener Zeit Papst Urban VI., der es sich nicht nehmen ließ, seinem getreuen pommerschen Freund eine goldene Rose zum Geschenk zu machen. Jedoch war selbst diese geweihte Gabe nicht imstande, den Herzog vor der Pest zu bewahren, die schon viele seiner Untertanen dahingerafft hatte. Als nun auch der Fürst selbst sein Ende nahen fühlte und alle ärztliche Kunst versagte, gelobte er für den Fall, daß er doch noch genesen würde, eine Pilgerfahrt in die Ewige Stadt zu unternehmen und sich erneut dem heiligen Vater zu Füßen zu werfen. Tatsächlich hatte der Himmel Erbarmen mit dem gottesfürchtigen Herzog, und kaum hatte dieser sein schreckliches Leiden überstanden, als er sich auch schon auf den Weg machte, um sein Gelöbnis zu erfüllen. Um diese Zeit regierte Papst Gregor XII. die Christenheit. Er empfing den Herzog in Huld und Gnaden und verehrte ihm wie sein seliger Vorgänger eine goldene Rose voller Moschus und Balsam. In Ansehung der Gnade aber, die ihm durch Gottes Hilfe zuteil geworden war, schenkte der Pommernfürst die beiden Rosen dem Kloster zu Pudagla, dem er besonders gewogen war. Auch Bischof Magnus, der dem Herzog nicht nachstehen wollte, beehrte das Kloster mit solch einer Rose. Jedoch verknüpfte er seine Schenkung mit dem Wunsch, daß allen Gläubigen, welche am Rosensonntag Lätare in Bußfertigkeit die Kapelle der Jungfrau Maria im Kloster zu Pudagla aufsuchten, ihre Sünden vergeben und darüberhinaus ein Ablaß auf vierzig Tage gewährt werden sollte. Als dies im Lande bekannt geworden war, strömten die Menschen in hellen Scharen zum Kloster, um durch Verehrung der goldenen Rosen all ihrer Sünden ledig zu werden. In solchem Tun und Bestreben jedoch erkannte Abt Heinrich von Pudagla die Neigung des Volkes zum Aberglauben. Auch bei den Nonnen in Krummin fanden sich immer mehr Leute ein, denen das Bildnis der Heiligen Mechthild als wundertätig galt, was den Oberhirten in Pudagla ebenso verdroß wie die göttliche Verehrung, die den goldenen Rosen in seinem eigenen Hause zuteil wurde. Bilder und künstliche Machwerke aber sollten nicht an die Stelle von gläubiger Gottesfrucht treten, und also ließ Abt Heinrich das Bildnis der heiligen Mechthild aus Krummin entfernen und die goldenen Rosen in Pudagla zerbrechen. Auf solche Weise haben die Kostbarkeiten, die einst in den Klostermauern von Pudagla aufbewahrt wurden, das harte Regiment des Abtes Heinrich nicht überstanden und sind der Welt verlorengegangen.

Als das Kloster von Grobe nach Pudagla verlegt wurde, wollte der Teufel in Gestalt eines Riesen den Bau der klösterlichen Einrichtungen zunichte machen und warf von Lassan aus einen gewaltigen Steinbrocken in Richtung der Baustelle. Jedoch verfehlte der Wurf sein Ziel. Der Stein ging vorzeitig am Ostufer des Achterwassers zwischen Pudagla und Neppermin nieder, wo er jahrhundertelang als ungewöhnlich großer Findling bewundert wurde.

In jener fernen Zeit, als das Kloster schon aufgelöst und der gestrenge Abt durch einen herzoglichen Amtmann ersetzt worden war, wurde eine Frau in Pudagla eines schweren Verbrechens wegen zum Tode verurteilt. Da sie jedoch bis zum Ende ihre Unschuld beteuerte, so daß selbst die Richter nicht mehr sicher waren, ob sie mit ihrem Spruch tatsächlich der Gerechtigkeit gedient hatten, nahmen sie Zuflucht zu einem Gottesurteil. Damals war der unterirdische Gang, welcher Pudagla mit Mellenthin verband, noch vorhanden, aber niemand wagte ihn zu betreten. Das Gericht beschloß also, der Verurteilten das Leben zu schenken, wenn sie es fertigbrächte, den unheimlichen Gang zu durchschreiten und zum Beweis dafür irgendeinen dort unten gefundenen Gegenstand mit nach oben zu bringen und dem Gericht vorzuweisen. Da die Frau, welche oft mit der Bernsteinhexe verwechselt wird, sich ihrer Unschuld sicher war, nahm sie das Gottesurteil an und stieg, mit einer Lampe ausgerüstet, in den finsteren Gang hinab. Endlich stieß sie auf ein schweres eisernes Portal, das sich von selbst vor ihr auftat. Sie betrat einen großen Saal, in dem weit mehr als sieben langbärtige Zwerge an einer prächtigen Tafel saßen. Sehr ungehalten wegen der Störung in ihrem unterirdischen Reich wollten die Zwerge die Frau von dannen jagen. Sie aber klagte und weinte und berichtete von dem Unheil, das ihr widerfahren und von der Aufgabe, die ihr durch Gerichtsurteil übertragen und deren Lösung allein imstande war, sie vor dem sicheren Tode zu bewahren. Das unglückliche Schicksal der Frau rührte die Zwerge, und der älteste unter ihnen überreichte ihr eine Erbsenranke und sprach: „Nimm dies als Beweisstück mit hinaus und sage denen da oben, daß von nun an niemand mehr wagen soll, uns zu stören." Nachdem die Frau den Saal verlassen und die schwere Tür sich wieder hinter ihr geschlossen hatte, gelangte sie ohne Schwierigkeiten durch den langen Gang wieder nach Pudagla zurück. Als sie dem Gericht die Ranke vorwies sowie von den Zwergen und deren Wunsch nach sicherem Frieden ausführlich berichtet hatte, wurde ihr das Leben geschenkt und der Eingang zum Stollen vermauert und verschüttet, auf daß niemand mehr die Ruhe der Unterirdischen stören konnte.

Die Zeit der Sagen und Märchen ist längst vorüber, geblieben aber ist die immerwährende Hoffnung, daß trotz gegenteiliger Erfahrungen schließlich doch das Gute über das Böse siegen möge. In dieser Hoffnung wissen sich Bewohner und Gäste der Insel Usedom durchaus einig mit allen gutwilligen Menschen unseres oft so geplagten Planeten.

Literaturhinweis

Burkhardt, Albert: Vineta – Sagen und Märchen vom Ostseestrand, Hinstorff Verlag 1965

Haas, Alfred: Usedom-Wolliner Sagen, 2. Aufl., Stettin 1924

Diethardt H. Klein und Heike Rosbach: Pommersches Hausbuch, Husum Druck- u. Verlagsgesellschaft, Husum 1989

Rolfs, Peter August: Die Insel Usedom – Ein Heimatbuch und Reiseführer, Reprint der Ausgabe von 1933, Husum Verlag 1984

Wille, Hermann Heinz: Die Insel Usedom – Ein Heimatbuch, 2., neubearbeitete Aufl., Carl Hinstorff Verlag Rostock 1954

Im Demmler-Verlag bisher erschienen:

RÜGEN
SAGEN UND GESCHICHTEN
Hrsgb. Heinz Lehmann
104 S., 28 s/w-Fotos
Preis: 12,80 DM
ISBN 3-910150-01-2

Anni und Herbert Ewe
STRALSUND
UND UMGEBUNG
160 S., 56 s/w-Fotos, 12 Farbfotos
Preis: 19,80 DM
ISBN 3-910150-03-9

MUSEUMSFÜHRER
MECKLENBURG-
VORPOMMERN
Autorenkollektiv
197 S., 82 s/w-Fotos, 42 Farbfotos
Preis: 19,80 DM
ISBN 3-910150-05-5

Erika und Jürgen Borchardt
MECKLENBURGS HERZÖGE
Ahnengalerie Schloß Schwerin
122 S., 35 Farbfotos
Preis: 14,80 DM
ISBN 3-910150-07-01

Rolf Reinicke
RÜGEN
STRAND & STEINE
80 S., 40 s/w-Fotos, 7 Farbfotos
Preis: 14,80 DM
ISBN 3-910150-02-0

Heinz Lehmann
RÜGEN – VON ARKONA–ZUDAR
136 S., 38 s/w-Fotos
Preis: 14,80 DM
ISBN 3-910150-04-7

Margot Krempien
SCHWERINER SCHLOSSBAU-
MEISTER G. A. DEMMLER
(1804–1886)
Eine Biographie
128 S., 62 s/w-Fotos, 13 Farbfotos
Preis: 14,80 DM
ISBN 3-910150-06-3

Klaus-Henning Schroeder
DAVIDS' ENKEL
Eine Jugend in Schwerin
240 S., 45 s/w-Fotos
Preis: 22,– DM
ISBN 3-910150-08-X

Weitere Neuerscheinungen Frühjahr 1992:

Jürgen Borchert
150 SCHWERINER
ISBN 3-910150-09-8

NATIONAL- UND
NATURPARKFÜHRER
Mecklenburg-Vorpommern
ISBN 3-910150-10-X